曼珠沙华

池上 著

上海文艺出版社

目录

创口贴 | 001

曼珠沙华 | 078

摇太阳 | 145

仓鼠 | 180

松木场 | 204

01 创口贴

1

初二第二学期快要结束前,潘家和没有被评上三好学生,这事实在稀奇。按说这潘家和的成绩,放在整个年级里都是数一数二的,更何况,他还是校学生会副主席、班长,平时积极参加各类活动,热心帮助同学。总之,无论从哪方面看,他都没有不被评上的理由。

三好学生的名额共有五个。当班主任罗老师宣读完那五个名额后,教室里响起一片掌声。可等掌声停下,大伙儿才觉出不对劲来,这名单里怎么没有潘家和呢?罗老师解释说，潘家和什么都好，只是考虑到期末前，他请了一段时间的假，考勤上有点说不大过去。罗老师又说，三好学生是一项综合荣誉，希望评上的同学不骄傲，没评上的同学不气馁。最重要的是在最后一年里，大家再接再厉，争取考上理想的高中。

罗老师讲完，大家便继续自修。程小雨没有自修，她跷着个二郎腿，朝潘家和瞟了一眼。潘家和坐在程小雨的左前方，从程小雨的位置看过去，能看到他的侧脸：鼻梁很高，整张脸的线条格外分明。

程小雨把目光收回来了。她撇下嘴，把脸朝向窗外。窗外有一条水泥过道，再过去则是学校的操场。去年，工人们翻新了塑胶跑道，还在操场边的花坛里种上了许多绣球花。绣球花很快成为了学校的亮点，每天傍晚，都有大批的人前来参观，"华丰中学花香满园"的新闻甚至还登上了本地《都市快报》的头条。

不过眼下，程小雨根本看不到那些绣球花。她坐在四楼教室的最后一排，只能看到近处的一棵树以及一成不变的白色天空。不过，这又有什么关系呢？程小雨想，其实，就算什么都看不到，她也会把脸朝向窗外的。

2

和大多数人一样,罗珏最早是因为程小雨的装扮注意到她的。准确地说,也不是注意,因为程小雨压根就不用注意,她几乎就像一道光强行跳入了每一个人的眼睛。

程小雨身高一米七二,背一个粉色的印有芭比娃娃的书包,穿一双同样粉色的鞋子,她的发箍就更不用提了,蝴蝶结的、布朗熊的、闪钻的,但无论哪一种都是粉色无疑。除去那件深灰色的校服,她浑身上下就是个粉色大集合。而当她拖着两条粗壮的黑腿在太阳底下走着,那种反差效果就更明显了。你很难明白她这么黑的人为何如此钟爱粉色。除此以外,她还有一大堆的毛病:不爱学习,上课时常开小差,性格孤僻,在班上没有朋友……

作为平阳县教坛新秀、县优秀班主任,罗珏在接班后不久便发现了程小雨的上述问题。当时,程小雨的原班主任汪老师请产假,罗珏便替了上来。罗珏是为了儿子调来的杭州——这两年,平阳好多老师都调来了杭州,造成了县师资水平整体下滑——好在如今一切尘埃落定,儿子就在楼下学习,她打定主意要打好来省城的第一炮,继而大展拳脚一番。

多年来,罗珏练就了一种本事,不怕学生乱,更不怕班级难搞。过去，但凡碰到那样的班级，她就用"三步"法："不怒自威"、"赏罚分明"、"爱的感化"三管齐下，将学生收拾得服服帖帖。可令她失望的是，初二（8）班却是乖得出奇，没有人挑事，也没有人打架。男生们说话一律轻柔、温吞，使她不禁疑心，这省城的孩子都怎么了？

唯一奇怪的便是程小雨。话说回来，这程小雨也不算什么刺儿头，她不过就是性格孤僻了点，再就是上课不大认真。但既然罗珏要在班里找典型，一来二去就落到了程小雨头上。罗珏把程小雨的座位往前调了两排，这里头既有讨好，也有点"逼迫"的意思。罗珏想要借着换座位让程小雨真正融入班级，可换了座位的程小雨仍不和人讲话。不久，程小雨的同桌反映，程小雨的身上有股气味。

过去，罗珏经过程小雨身旁时也会闻到那股气味，带着酸臭，但好在不算太重，她也就没在意。可现在，程小雨的同桌提出了意见，罗珏无法坐视不理。她送给程小雨一瓶止汗露走珠液，并委婉地告诉她这瓶东西可以让腋下保持清香。程小雨呢，也不推辞，她接过那瓶走珠液，一把塞进了上衣口袋。

第二天，程小雨身上的气味并没有消失。再不久，有人反映程小雨坐在前面老仰着个脖子扭来动去，她个头又高，后边的人便被挡了个严严实实。罗珏找程小雨谈了几次，程小雨虽虚心接受，却坚决不改。两个礼拜后，罗珏的计划宣告失败，程小雨又坐回了最后一排。

3

程小雨是在一年级时喜欢上的粉色。和润声小学的其他女孩一样，程小雨喜欢粉色再正常不过。"润声"二字取自杜甫的两句诗"随风潜入夜，润物细无声"。别看润声小学的校名很有文化的样子，实际上它只是一所外来务工人员子女小学。最早，一个民营企业家想给外来务工人员解决孩子上学难的问题，就出资创办了这所学校。

整个学校规模很小，设施简易。即使如此，家长们也相当满意了。毕竟这些家长基本都在工地或是在其他地方打零工，能让孩子在城里有书念就谢天谢地了。如此办了四年，企业家突遇资金周转困难，撤了资。眼见学校是办不下去了，不仅是学生，连老师们都不知该何去何从，反复折腾了好一阵子，最后还是教育局出面解决了问题。

按常理，润声小学的毕业生是不大可能去华丰中学的。华丰中学在整个杭州市都是响当当的，想要进这所初中，一是靠成绩——学习成绩特别好的,可以通过自主招生进去;二是靠运气——参加全市民办初中的摇号,但报名的人实在太多,摇进的概率很低。而等正式进了这所学校,还要上交一笔不菲的费用。但恰好这几年,郑桂莲的面馆生意越做越好,攒下了不少钱,加之她在面馆里结识了不少人,眼界自然也就跟着提高了不少。郑桂莲听说华丰中学是杭城首屈一指的民办中学,能读这所学校的非富即贵,便动了心思。她托了面馆的一个常客,此人又转托了教育局的熟人,一层绕一层,层层打点,才把程小雨给弄了进去。

程小雨去华丰中学就读自然引得了其他同学的羡慕,这些同学一部分回了老家念初中,还有一部分则去了对口的一所初中。那是区里唯一的一所外来务工人员子女初中,教学质量差,学风更是一塌糊涂。可又能怎么办?就算他们能幸运地摇进华丰中学,也交不起那笔昂贵的费用。倒是程小雨对进华丰中学一副无所谓的样子。

4

程小雨头一天来华丰中学报到,并没有觉出这所学校有多牛。华丰中学的校舍是十五年前建造的,放在今天来看甚至有点儿旧。进了大门，是三栋五层楼的教学楼，每两栋教学楼之间各用一条连廊连接着，再往后是两栋稍低的独立的楼：艺术楼和科技楼。科技楼的右边是学生餐厅，边上种有一行樱花树，上面挂有一块木牌，刻有"友谊长存"、"日本胜山中学"和"2013年5月"的字样。

操场在整所学校的最左边，从靠左的那栋教学楼往下望，可以看到四百米的塑胶跑道，操场中间设有一个足球场和四个篮球架。润声小学收归国有后新添了一个风雨操场和一个篮球场，因此，华丰中学在程小雨看来便不怎么样。

但程小雨的这种感觉仅仅维持了一个星期。且不说学校引进斯坦福英语教材，采用人机对话模式，就说她的那些新同学吧，男生们走路常常是不紧不慢的，说话一律轻声细语，和润声小学里那些跑来跳去、大喊大叫的完全不同；女生们则一律喜欢黑色、灰色这类看上去酷酷的颜色，和润声小学里迷恋粉色的她们截然相反。

等放了学，校门口会排起一条长龙，宝马、奔驰、保时捷不时地穿梭其间。程小雨家这些年没少挣钱，如果真想要买，凑合着也能买上一辆。但令程小雨惊讶的并不是这些车本身，她也设想过自己家买宝马车的情形，程国涛一定是对着那辆车看了又看，摸了又摸，而郑桂莲则必定少不了大呼

创口贴　007

小叫上一阵。可她的那些新同学却只是快速打开车门，侧身坐好，脸上既没有雀跃的表情，也没有满足，仿佛这一切再自然不过。

程小雨很快明确了自己在新学校的位置，她家境一般，成绩中下，而相貌更是不值一提。倘若只是如此，她不过是华丰中学里一个顶不起眼的学生，可不久，发生了一件事，这件事彻底改变了程小雨的轨迹。

5

程小雨进入华丰中学的第二个月，学校承办了一次大型市级活动。为了这次活动，华丰中学全体师生每天下午都会练习跑操。一个班级好不好，有没有精气神，就看这跑操有没有跑好，班主任汪老师说。活动前一天，汪老师又特别强调，活动当天务必穿那套墨绿色的校服。

通常情况下，华丰中学的学生都有三套校服。一套是墨绿色的短袖 T 恤和运动短裤，一套是深灰色的运动套装，还有一套是白衬衫配卡其色长裤，女生则是白衬衫配红色格子裙。

活动当天，外边下起了小雨。早晨，程小雨打开窗，凉风夹着雨丝吹进来,吹得她身上凉飕飕的。也是程小雨糊涂,她想外头既然下雨,跑操便会取消。她便顺手穿上了那件白衬衫和格子裙,可等她到了学校才发现,除了她和另一个男生,其余的人全穿着那套墨绿色校服。

程小雨当下傻了眼。更令她没有想到的是几分钟后,雨停了,太阳重新开了出来。汪老师穿一身墨绿色的运动服从教室外走进来,她一眼就认出了那个没穿墨绿色校服的男生和程小雨。汪老师把这对难兄难弟叫出教室,劈头盖脸地骂了他们一顿。但骂解决不了实际问题,眼下最重要的是能换上那套墨绿色的校服。程小雨表示她可以回家去拿,但这个意见立马遭到了汪老师的否定,万一程小雨离校中途出事,她的责任可就大了。

汪老师决定给两个孩子的家长打电话。第一个电话很快就打通了,对方当即表示会把校服尽快送到学校。可等到郑桂莲接通电话,画风便急转直下,郑桂莲先说了一连串的不好意思,接着又说自己实在是走不开,没法送那套衣服。

汪老师的脸色便不大好看了。小雨妈妈,我们这次是市级大型活动,为了这次活动,我们全校师生已经练习了半个多月。而且,昨天我还强调过要穿那套衣服。

是……是,汪老师,是我们小雨不好。没认真听。这个死丫头，我回家一定教训她。

不是教训不教训她的问题，汪老师说，她没有认真听也就算了，可我昨天发短信通知了你们的呀。

是……是，是我不好，我和她爸爸昨天实在太忙了，下回我肯定注意。

好了好了，不说这个了。汪老师不耐烦了，那你到底是送还是不送？

这……郑桂莲打起了哈哈，汪老师，不是我不想送，我实在是走不开啊……那个，汪老师，你等一下啊……哎，来了，来了！片儿川一碗加荷包蛋是吧？好嘞……

6

程小雨的那套校服最后也没被送来。汪老师打完那通电话，气得话都说不顺了。程小雨，不是我不让你参加这次活动，是你妈不给你送来。又说，我昨天强调了那么多次，你到底有没有听？

程小雨便不能参加这次活动了。她那条红色格子裙在队伍里就好比是"万绿丛中一点红"，实在太过扎眼。她也不能站在操场边上，那样会引起别人的猜疑——这个女生是从哪儿来的？又为什么不参加？

程小雨没了可去的地儿，只能回到教室。她在教室里待了会儿，听到主持人开始介绍本次活动和参与的嘉宾。等主持人介绍完，领导开始了漫长的讲话，程小雨听得昏昏欲睡，随后，一阵熟悉的旋律响了起来，是《运动员进行曲》。踏步声响起来了，齐整、响亮，伴随着音乐在操场上有节奏地回荡着。老实说，直到刚刚音乐响起前，程小雨都没喜欢过跑操。跑操那么累，那么无聊，她都快吐了。但此刻，她想，如果不是因为她穿错了衣服，郑桂莲又没能给她送来，那么她就不用一个人坐在教室里，也就不会白白练习了那么多天，这么一想，程小雨便有些失落。

程小雨决定跑去连廊上。站在连廊的玻璃窗前，她能清楚地看到全校三十六个班级组成的三十六个方阵在操场上跑动着。每两个方阵之间的距离几乎一样，看上去就像是一个个匀速移动的方块。忽地，方块们调转了方向，围成了一个巨大的圆圈，朝着跑道内侧涌去，又变成一匹匹齐头并进的马儿……

程小雨被眼前的场景震住了。她以前只知道自己要跑，要跟着队伍精神抖擞地跑，却不知道所有人跑动起来是这个样子。她越看越激动，全然不知操场上有人正在望向她。

望向她的人正是班主任汪老师。等活动结束，汪老师一把冲了上来。你不好好待在教室里，跑连廊上干什么？没等她明白过来，汪老师又说，你穿错衣服也就算了，偏偏还要跑出来丢人现眼。你是嫌丢脸没丢够，非要丢给领导看看？程小雨没想到自己那么不起眼的一个人，居然会变成一个污点，还是个被无限放大的污点。

汪老师却并不解气，她又连珠炮似的骂了程小雨足足一小时。几天后，当程小雨路过办公室时，听到里头冒出来一个女声。我早说了，搞不灵清的学生背后一定有个搞不灵清的家长。她女儿穿错衣服，她居然说太忙，不能送来。你们说好笑不好笑？

她忙，可以叫别人送的嘛。我们班也有弄错的，一个电话过去，保姆就送过来了。这是另一个女声。

更好笑的还在后头呢，电话打了一半，她那边突然烧起面来了。

啊！这也太夸张了吧。是你们班哪个学生啊？

还能有哪个？喏，就是那个天天戴个粉色发箍的。这么黑这么胖的一个人，还整天戴个粉色发箍，难都难看死了。

7

汪老师对郑桂莲实在是有所不知，但凡去过桂莲面馆的，没有一个不夸他家老板娘的。郑桂莲个头一米六八，体重一百六十多斤。通常，她穿一件特大号的棉布衬衫，系上一条又脏又旧的围裙，再往面馆里一站，这面馆便会自动小上一圈。可等她干起活来就不一样了，无论是倒油、下面，还是出锅、端碗，皆干净利落，风风火火。你很难想象麻利、精干之类的词会和这样一个胖的人融合在一起，矛盾而又奇妙。

郑桂莲的另一个特点是爱笑，客人进了面馆，熟客同她打招呼，自是要笑的。有时，面馆人多，面一下子来不及烧，遇上说话难听的，她也不恼，依旧笑呵呵的。桂莲面馆的客人们不久便发现，这个做事麻溜的胖胖的老板娘就是在烧面时也会不自觉地笑一笑。郑桂莲的笑不妩媚、妖冶，就像大冬天里的一碗热汤，着实叫人舒服。再加上她时不时发出的爽朗的笑声，客人们便越觉亲切了。

和郑桂莲相反，桂莲面馆的老板程国涛很少笑。这个皮肤黝黑的小个子男人常年坐在面馆门口的柜台后边点单、结账。但只要他一站起来，你就会发现他的背后凸出了一块，背驼得厉害。他也很少说话,除必要的话外,他极少开口。

桂莲面馆做的是白天生意,营业时间是早上六点到下午两点。过了两点,帮工们会开始打扫、清洗面馆并准备第二天的食材。这个时候,程国涛会在离门口最近的那张桌子旁坐下,桌上摆着几样小菜,香辣鸭脖、炒花生米、蒜泥拍黄瓜。程国涛会给自己倒上一杯酒,再一个人慢慢地喝。

郑桂莲从不和程国涛一起喝酒,她总是把小菜炒好,摆在离门口最近的那张桌子上,再看程国涛喝。这对夫妻的差别如此之大,以至于客人们都忍不住在心里感慨上一句:这驼背好福气!他们哪里晓得这桂莲面馆能有今天其实还是靠程国涛拿的主意。

当初,两人从丽水来到杭州,最先做的是小吃生意。每晚,程国涛和郑桂莲会串好一串串的里脊肉、香肠还有年糕,第二天再推着它们到街上去卖。里脊肉和年糕是五角钱一串,香肠是一元钱一根。郑桂莲把这些里脊肉、年糕以及香肠放入油锅内,立即响起噼里啪啦的响声。出了锅的年糕金黄香糯,里脊肉和香肠香酥可口,再撒上胡椒粉或是辣酱,味道真是妙不可言。

在回龙庙前这条街上,像郑桂莲他们这样的还有好几家,卖薄饼的,葱包烩儿的……竞争之余,彼此倒也相安无事。要不是后来市里综合环境大整治,城管不许他们这些流动推车卖小吃,郑桂莲和程国涛也许还会一直做下去。环境大整治后不久,程国涛去了一家工厂当仓库保安,郑桂莲则去了一家保险公司卖保险。没到三个月,郑桂莲被公司辞退,去了一家面馆工作,这家面馆就是后来的桂莲面馆。不过在当时,它还叫龙记面馆。龙记面馆不大,但胜在味道正宗,每天都有很多老客光顾。

郑桂莲在龙记面馆干了两年,有天,她一回家便咋咋呼呼的。原来,面馆老板家里出了事,急着要把店转让出去。郑桂莲心里烦恼又要另寻工作,不想程国涛却问她转让价格是多少。待郑桂莲报了数之后,程国涛又说,你这两年不是一直在学嘛。郑桂莲这才明白过来程国涛的心思。

如程国涛所言,这两年,郑桂莲确实学了不少。从选材、配料到何时下锅、出锅,可开店就另当别论了,这里头涉及到投资、风险,搞不好他们那点本钱就全搭进去了。更何况,这转让的价格虽低,但毕竟不是一个小数目。郑桂莲死活都不同意,程国涛却只是不响。他从抽屉里拿出存折,又想办法跟人东拼西凑了些,终于凑足了那笔钱。

面馆很快被盘了下来。由于资金不足,店面没有重新装修,仍和原来一样,只是面馆的名字要改。郑桂莲看着自己曾经工作了两年的面馆有些不知所措,程国涛却早坐在柜台前了,他看了看那块被摘下来的旧牌匾,又看了看站在那里的郑桂莲,道,就叫"桂莲面馆"吧。

8

事实证明程国涛的选择是正确的。龙记面馆原来主打片儿川一类的老杭州风味的面。程国涛夫妇接手后,在此基础上又新增了腰花面、虾爆鳝面、爆鳝大肠拌川等特色面。每一种面都相当受欢迎,但要说卖得最好的还是"片儿川全加"。

所谓"片儿川全加"就是在片儿川内加入蘑菇、油渣以及荷包蛋。在杭州这座城市,几乎每走上两百米便能看见一家面馆,面馆里的招牌上则必写着"片儿川"这三个字。不过烧片儿川的面馆虽多,味道却大不相同,而这其中的关键就在于食材。桂莲面馆的雪菜是经特殊腌制的,绝非其他面馆的可比;笋片一年里分别用春笋、鞭笋、毛笋或是冬笋,一律从临安那边运过来;肉是在前一天上午采购的,它们被切成薄薄的,每一片厚薄均匀;而下到锅里的每一团面更是要过秤以保证斤两。郑桂莲将自己在龙记面馆所学悉数用上,再加以改良、创新。

渐渐地，桂莲面馆的名气越来越大。面馆地方虽小，店面看上去也不干净，可奇怪的是，挤在这间脏兮兮的小面馆里却能吃出一身汗，吃出一种特别的感觉。而这时候，要是能听到郑桂莲笑着吆喝上一句"好嘞，就来"，那滋味就更好了。

面馆生意最好的时候一天能卖出五百多碗面，这五百多碗面从郑桂莲的手里出去，再进来就变成了程国涛手里白花花的钱。程小雨上小学三年级时，两人在市区买了一套房子。房子是二手的，不大，但好歹解决了户口问题。等程小雨小学毕业，郑桂莲盘算好了把之前的那套房子卖掉，再换套大的。

程国涛却怎么都不肯卖。无法，两人咬咬牙，贷款把那套大房子买了下来。两个月后，杭州成功举办G20峰会，房价整体往上翻了一番。程国涛的眼力再次得以证明，夫妻俩两个月便净赚了两百多万。

9

都说"小酒怡情，大酒伤身"，程国涛喝酒从来都讲究个度。通常，他会就着花生米或者鸭脖，再无比清醒地将酒一点点地喝进胃里。这倒不是因为程国涛怕伤身，只是他不喜欢自己的身体随着酒精腾云驾雾。腾云驾雾当然好，可问题就在于这腾云驾雾再好，也要被打回到地上，打回到柴米油盐之中。这个时候，生活的本质便会愈发彰显出来。

生活的本质是什么？程国涛当然清楚。他在丽水的时候，没少干农活。等来了杭州，他卖过小吃，当过保安，当他和郑桂莲躺在那间十平米不到的出租房内，他感到天上随便下一场雨都能把他俩浇个透。不过，就是这么谨慎的人，也有放松的时候。难得的，他喝多了，便会想到自己和郑桂莲一路打拼过来，才有了今天。想当初，他俩没钱没势，还得时不时地忍受常人无须忍受的白眼。凭什么？还不就因为他是个驼背？

他感觉喉咙口冒出一股火来。他不记得是什么时候开始，其他孩子就管他叫"驼背"。驼背，帮我拿支笔。或者，驼背，替我买包辣条。女生们更是从来不拿正眼看他，他走过她们身边时，能明显地察觉出一种异样。所以，当郑桂莲怀孕后，程国涛是既高兴又忐忑。高兴的是他要为人父了，忐忑的是，他不知道孩子生下来会像谁？他抑或是郑桂莲？

客观地讲，他和郑桂莲都不是遗传的最佳对象。但如果非要选一个，那他希望是郑桂莲。毕竟人再胖，还可以努力减肥，不像他的驼背，一辈子都跟个咒语似的伴随他。程国涛对此忧心忡忡，郑桂莲却丝毫不担心。她的胖不是先天的，小时候和其他女孩无异，可她在十二岁时生了一场病，这种病需要吃激素，而等吃了激素后，她的身体便像个吹大过的气球再也回不去了。

她也不是没想过减肥，但减肥需要毅力，不能摄入过多的食物，还要坚持体育锻炼。一想到不能再吃那些好吃的零食，郑桂莲的心就不由地一阵紧缩。她的减肥计划一天天地耽搁了下来，时间一长，连她自己都习惯了镜子里变胖的自己。也不知是谁最先叫的她"肥婆"，她听了也不介意，依旧笑嘻嘻的。

程国涛起先觉得郑桂莲的个性简直不可思议，但相处久了，他越发觉出她的好来。正所谓"人活一张脸，树活一张皮"，可人活着若只为这张脸，未免太过辛苦。程国涛自己吃了这个亏，便希望孩子像郑桂莲，这个像不仅是长相的像，还有个性像的意思。

10

程小雨生下来七斤四两，一切正常。程国涛最担心的事并没有发生，但随着程小雨渐渐长大，程国涛发现程小雨的性格越发古怪,她的性格既不像郑桂莲也不像程国涛。郑桂莲爱说、爱笑,什么事到了她那里便大事化了,小事化无。程小雨乍一看似乎也没心没肺,可她却只是闷着,不发一言。这样说来,程小雨倒有点像程国涛了。但程国涛的闷是真闷,程小雨不是。好几次,程国涛发现程小雨只要碰上自己感兴趣的,小嘴便说个不停,而余下的时间,她只是发呆、睡觉,再不就是画画。程小雨的画多半是公主、鲜花、蝴蝶之类,虽称不上有天赋,倒也像模像样。

程小雨三年级时,夫妇俩买了他们在杭城的第一套房。房子虽小,五脏却俱全,两室一厅,外加一个厨房和厕所。程小雨从此有了自己的房间。慢慢地,程小雨会关上自己的房门,美其名曰,不想被打扰。她的理由听上去充分、合理,程国涛也就没在意。但有天,他不小心走错了门,等推开门,却看到程小雨整个儿趴在了桌上。她的右手拿一支黑色的马克笔,画纸上,无数的黑色线条一圈绕着一圈,像是个迷宫,但又看不出什么头绪。

程国涛当下有点不高兴,他觉得画画可以,但画这种未免太浪费时间。不过,他也只是不高兴了一下,并没有和程小雨说什么。两星期后,郑桂莲在程小雨的房间收拾出一叠东西,约莫五十来张纸,几乎每一张纸上都画有密密麻麻的线条，线条和线条之间相互缠绕，实在很难看懂究竟是什么。

你这是干什么？不知道这些纸要钱啊！郑桂莲骂了程小雨一顿。骂过了，也就过去了。程国涛却只是看着这一大叠的画发怵，这种画画一张还好，可程小雨画那么多，显然不正常。

程国涛很想弄清楚女儿在想什么，可话一出口就成了，你在画什么？

没什么。

那你怎么老画这个？唔……为什么不干点别的呢？

干什么呢？程小雨说的时候一双眼睛并不看程国涛，只是斜睨向程国涛的后方。

如果换作别人，这时候可能就会列举出唱歌、跳舞、跑步、打羽毛球等各种可干的事了，但程国涛却被程小雨问住了。是啊，干什么呢？程国涛想对程小雨说这样不好。可话到嘴边，又滑回去了，他觉得自己的舌头就跟过去打了结一般。只不过过去，他是因为愤怒——他受到了侮辱，却无从反抗——而现在，他更多的则是迷茫。不久，家里的画纸上再也没有了那些乱七八糟的图案，但如果程国涛细细翻看，便会发现几乎程小雨的每一本课本扉页上都画满了一个大大的"迷宫"。

11

程国涛曾和郑桂莲谈过一次程小雨的问题。郑桂莲听了，只是甩了一下她的那只大手，说，这有什么？小孩子乱涂乱画，很正常嘛。倒显得程国涛有点小题大做。

郑桂莲这样讲是有根据的。这些年，程小雨的成绩虽不拔尖，但几乎从不让她操心。面馆的生意好了以后，郑桂莲的重心便挪了过去。程小雨上小学二年级时，郑桂莲还要先把程小雨送到学校，再折去面馆。而等程小雨上了三年级，她就自己上学了。郑桂莲买的那套房就在学校附近，程小雨会背着书包穿过一条马路到达学校。放学后，她又会背着书包穿过那条马路回家。

等五点多钟，郑桂莲和程国涛关好面馆的大门，一起骑电瓶车回家。郑桂莲会问程小雨吃没吃冰箱里的点心，做没做完作业。程小雨回答，吃了，做了。郑桂莲又问，今天学得怎么样？程小雨回答，还行。事实上，程小雨考得特别差的试卷从来不带回家给郑桂莲看（润声小学的家长都是外来务工人员，因此老师极少要求家长在试卷上签名）。等问完这两句，郑桂莲就开始烧饭。荤菜是现成的，面馆里剩下的猪肝、大排，还有大肠。程国涛在店里已经吃饱喝足，所以晚饭只要做她和程小雨的就行。郑桂莲会炒上两个小菜，边炒边叨唠谁谁谁中了新股，谁谁谁又赚了多少钱，这些全是从面馆的客人那里听来的。程国涛和程小雨也不搭话，任由郑桂莲一个人絮叨个没完。

小学六年里，郑桂莲唯一收到老师的告状是在程小雨四年级时，语文老师打来电话说程小雨没完成单元考试作文。不久前，程小雨的一篇同题作文还在区征文比赛中获得了三等奖，老师的意思是写一篇一模一样的就行，可程小雨却怎么都不肯，她也不肯另写一篇新的，这不是瞎闹嘛。语文老师要郑桂莲关注下程小雨的情况，不要有了一点成绩就尾巴翘得比鼻子高。郑桂莲呢，狠狠教训了一顿程小雨，此后，一切又恢复正常。直到汪老师打电话说程小雨穿错了校服，郑桂莲仍没有意识到女儿的问题。

不就是穿错了一件衣服嘛。尽管程小雨丢三落四是不对，但这也算不上什么天大的事。何况，店里点名要她烧面的那么多，她怎么可能撂下他们就为了送一件衣服？但不久，汪老师打来电话，程小雨不仅不按规定穿校服，而且还穿起了高跟鞋。她穿高跟鞋也就算了，她居然还顶撞起了老师……

郑桂莲闻到火烧眉毛的味道了。最近，郑桂莲给程小雨买了件新衣服，但她没想到她会穿到学校去。她还想到了程小雨的那双高跟鞋，程小雨怎么可能会有高跟鞋？郑桂莲自己从来不买高跟鞋，仅有的一双还是她结婚时特意去商场里买的。那双鞋花了她半个月的工资，等结完婚，那双鞋也就功成身退，被搁进了柜子里。

一开始是舍不得穿，再后来是没法穿。她总不至于穿着高跟鞋去烧面吧。可现在，程小雨却穿着高跟鞋去学校了。郑桂莲张了下自己的脚，她的鞋码和程小雨的一样，那么程小雨八成是穿了她的那双鞋。郑桂莲心里的无名火便"噌噌噌"地冒上来了。她好容易才把程小雨送进这所人人羡慕的好学校，可程小雨却不好好读书，反而搞起了这些乌七八糟的事。

汪老师，你说我们小雨过去一直好好的，怎么会变成这样？郑桂莲一急，话便像机关枪一样出了口。小雨妈妈，你这么说就不对了。所有孩子的问题其实都是有变化过程的，如果你平时能多关心下孩子，多和她沟通，就能发现了。

是是是，汪老师的口气让郑桂莲不自觉地矮了一截，汪老师，实在是不好意思，我保证回家好好教育她。

郑桂莲面也不烧了，匆匆忙忙赶回了家。半小时后，程小雨回来了，她穿着那件新的粉色泡泡袖 T 恤，脚上踩着郑桂莲结婚时穿的那双高跟鞋。只是，那双高跟鞋并未给程小雨增添一份女人味,相反,她走起路来一拐一拐的,怎么看怎么别扭。郑桂莲想要骂程小雨的心便软了下来。

12

郑桂莲小时候也曾被人夸过漂亮,那时,她还没得那场病,还算白皙的脸蛋上一双眼睛弯长。但等她得了那场病,人呼啦一下胖了起来,也就没人在意她的五官了。几乎所有人见了她的第一反应都是——啊,怎么这么胖。郑桂莲为此难过了一阵,但她天性乐观,没多久便接受了。

和程国涛好了以后,她倒是一度在意过自己的形象。但折腾了一阵,她便发现,无论她打扮或不打扮,程国涛都没什么反应,他就像块榆木疙瘩。好处是,这块榆木疙瘩对其他女人也一样,从来不拿正眼瞅她们一眼。在这个遍地出轨的年代,程国涛的性格实在难得。而等这块榆木疙瘩押对了面馆,又押中了飙升的房价,郑桂莲对他就更加另眼相看了。

郑桂莲觉得老天还是眷顾她的,虽然让她得了一场病,又变得这么胖,但却给了她一个这么好的老公和一个这么省心的女儿。可如今,程小雨忽然变得不省心了。郑桂莲没有骂程小雨,反而破天荒地同她谈了一次。她问程小雨最近功课紧不紧张,又问她班主任对她怎么样?郑桂莲希望通过谈话了解女儿在校的情况。但程小雨的回答不是嗯,还行,就是不知道。差一点,郑桂莲就要和程小雨摊牌了,但她到底忍住了。郑桂莲把程小雨脱下来的那双高跟鞋收好,第二天,又买了两大箱水果赶去学校拜访汪老师。

汪老师被郑桂莲的举动吓了一大跳。小雨妈妈,你这是干嘛?汪老师,我们小雨年纪小,不懂事,还请老师多多关照她。小雨妈妈,你这样说就见外了。小雨是我的学生,我肯定会尽心教的,但你的东西我不能收。汪老师讲完后便走掉了,只剩下郑桂莲同那两大箱水果。再往后,汪老师怀了孕,郑桂莲再也没有接到她打来的电话。

13

在来杭州前,罗珏进行过很长一段时间的思想斗争。从小,罗珏就在平阳长大,上学、工作、结婚、生子。罗珏熟悉这里的每一条街道、小巷,也熟知周围的每一个人。

罗珏的丈夫是平阳县公安局的,她本人则是学校的优秀语文教师、知名班主任,无论从哪方面看,夫妻俩都堪称一对模范眷侣。儿子还小的时候,何超晨也曾考虑过调动,还是因为罗珏的反对放弃了。罗珏的意思是，孩子还小，夫妻俩分居到底不方便。而等罗珏踏过了四十岁的门槛，她觉得自己就像一棵树，越来越依恋生活所带给她的安稳感。

　　罗珏不想破坏这种安稳感，但学校的教学质量每况愈下，再加上近几年来一波又一波的离职潮，使她不得不担忧起儿子的将来。她犹豫、摆动了好一阵子，最终撬动她的还是一个前同事。这个前同事是她师范学校的学姐，三年前去了杭州。有天，学姐打来电话，说她女儿顺利考入了杭州第二中学。罗珏正要祝贺一番，又听到师姐说，要不是女儿早早转学到了杭州，怎么也不可能考进这所顶尖高中。退一步讲，就算进不了二中，在杭州还有杭高和学军，优质的高中一抓一大把，不像平阳，连挑的地儿都没。师姐这么一讲，罗珏只得下狠心辞职，调进华丰中学。不过，何超晨的调动还没下来，兜了一圈，还是回到了异地分居的老路上。

　　初到杭州的日子，难免有些不适。不适之一是这一日三餐。罗珏一家原先吃惯了海鲜，可到了杭州，却只能日日吃猪肉、鸡肉，还有牛肉。住房附近的几家菜市场海鲜不多，且不新鲜。近江那儿有个海鲜市场倒是不错，可惜又离得远。不适之二则是工作。罗珏原先那所初中，学生中午是回家吃饭的。吃过午饭，罗珏会和同事一起在学校附近走一走，又或者回办公室小憩片刻。一个多小时的午休时间正好可以让她放松一下。

华丰中学就不一样了。中午，老师和学生是一起用餐的。每当第四节课的下课铃声响起，黑压压的人头便齐刷刷地涌向食堂。等吃完饭，学生们会迅速回到教室做作业，而罗珏呢，需先学生一步，进教室批改、讲评。

罗珏算过一笔账，从早上六点五十分刷卡进校到下午五点半放学结束（有时还会拖到六点甚至更晚），她这一天鲜有空档的时候。她就像一个陀螺不停地旋转，再旋转，连喘口气的机会都没。

倘若只是这样也就罢了，偏偏学校还引进了人脸识别系统。这种系统可以借助摄像头捕捉学生上课时的状态，如阅读、听讲、举手、趴桌子等，并对学生的课堂行为和表情进行采集和分析。主要是针对学生的七种表情，高兴、反感、难过、害怕、惊讶、愤怒以及中性。许校长在教师大会上隆重宣布，系统首先将在初二的十二个班试点。老师们通过分析学生的表情、行为自主调整自己的教学策略、内容，从而让学生们自觉改变课堂上的行为习惯，达到个性化教学的目的。

想想吧，我们即将实现真正的自主管理教学模式。许校长把手臂举起来了，罗珏的心里却打起了鼓。这几年，几乎所有学校都跟风似的安上了摄像头。刚装上摄像头的那几天，罗珏是坐也不是，站也不是。她是过了好一阵子才习惯的，或者说是麻木。

但人脸识别系统不同，这种系统一旦启用，就好比是一只"天眼"无时无刻地盯着你。它不仅盯着你，还在捕捉你的表情并加以分析。从此，她的课堂就不单单只是课堂了，还是一个个高低起伏的数据。头一次，罗珏对高科技产生了恐惧。只是，恐惧归恐惧，她的职业生涯却绝不能因此止步不前。罗珏给自己制定了一份新计划，而这份计划里首要的攻克对象便是程小雨。

14

使用人脸识别系统的第一周，班里所有的学生都起了不同程度的变化。初二（8）班的学生本就听话，这下就连在课上稍有动作的几个男生都不敢再犯。只有程小雨还是一副老样子，她不是看窗外就是埋头在本子上画画。程小雨的画既非学院派的画风，也非学生间流行的漫画，而是许多线条胡乱、粗暴地组合在一起。罗珏走过去，敲几下程小雨的课桌，提醒她现在是上课。程小雨呢，当着罗珏的面是把画收了，可她看罗珏的眼神，却空洞洞的。

人脸识别系统显示程小雨的这种表情属于"中性"。不同于高兴、反感、难过、害怕、惊讶或者愤怒，"中性"这个词宽泛，模糊，实在很难界定。罗珏请程小雨到她的办公室谈话，内容当然也是精心设计过的。上个星期，罗珏布置了一篇题为《我的梦想》的周记，全班四十八个学生，有想做医生的，有想当工程师的，还有想做明星的，但程小雨没有写梦想。她的周记通篇都在写她在回家路上的见闻，灰蒙蒙的天空，乱哄哄的马路，还有各色乱七八糟的广告牌。

这显然是篇离题作文，且整篇文章的底色偏灰暗，但优点也不是没有，其他不说，单看程小雨的文笔还是不错的。罗珏把程小雨叫到办公室，好好夸了一通她的文笔，但程小雨全程都撇着嘴，并无半点高兴的神情。这也正常，罗珏晓得要打开学生的心扉绝非一天两天的事。她需要先切开一个口子，再慢慢地、无比耐心地撬动它。我看你挺喜欢画画的，等夸完，罗珏又问，你以后想没想过当画家？

这就是罗珏的厉害之处了，她所要寻找的突破口绝不仅限于一篇作文。作文离题事小，但如果能就此找到学生的兴趣爱好和学生有共同的话题，那才是解开问题的关键。但程小雨的回答出乎罗珏的意料。不喜欢。不喜欢？那你为什么老画？不知道。程小雨的语气并不带情绪。那你喜欢什么？你总有自己喜欢的事吧。程小雨像是思考了一会儿，但最后她也没说出来。

这下轮到罗珏不知道该说什么了。她沉思了良久，对程小雨说，你现在是最好的年纪，可以先确定一个目标，这个目标不用很大，但一定得是你喜欢的。程小雨只是漠然地望着她，那样子仿佛在听一部天书。

15

如果你以为罗珏会就此放弃，那你就错了。罗珏从来就不是那种轻易认输的人。过去，多少顽劣的孩子，在她的教育下都变成了"乖乖羊"。她思量再三，决定去一趟程小雨家。

按说这家访也是例行公事，新班主任接班后一般都要家访。但罗珏的这次家访还有另一层意味，她要好好地摸一摸底，搞清楚程小雨行为背后的真正原因。正是周六，郑桂莲接到罗珏的电话，不由地紧张了起来。自从那次不成功的拜访后，郑桂莲对老师就有点儿发怵。准确地说，也不是发怵，只是她不知道该如何同老师相处。本学期，听说女儿换了班主任，她也曾想过见见这位新班主任的。可一来，她太忙，二来，她还没想到比较合适的方式，这事就这么耽搁了下来。

所幸，罗老师的声音听上去很亲切。小雨妈妈，不知道你明天早上有没有空，我想来你家家访。周日早上是面馆最忙的时候，郑桂莲有些犹豫。罗老师却在电话那头说开了，你们小雨很聪明，我很喜欢她。罗老师这么一讲，郑桂莲便有点受宠若惊了。罗老师，我有空的。

等挂掉电话，郑桂莲才发现自己心里闹得慌，这种闹不是烦乱的闹，而是夹杂着欢喜的闹。郑桂莲给家里拨了个电话，程小雨正在睡觉。每个周末，程小雨都会在家里午睡。郑桂莲也不管电话那头没睡醒的程小雨，对着电话就喊，你们罗老师明天要来家访，你赶紧过来一趟。

程小雨已经很久没有去面馆了。桂莲面馆面积不大，整个儿向里呈纵深状，两边各摆有五张桌子，中间是一条狭长的过道。面馆的生意做大后，郑桂莲在面馆外的空地上摆了二十来张板凳，里面坐不下的时候，客人们便把面搁在一张板凳上，再坐在另一张板凳上吃。

程小雨小时候还常常在面馆里跑来窜去的，不若现在，情愿在家里闷上一天。尽管这家面馆提供了程小雨的衣食住行，但不争的事实是，它又小又脏。奇怪的是，就是这样一家面馆,生意却火得不得了。自从郑桂莲在面馆门口摆出那些板凳后,桂莲面馆又多了一个噱头——板凳面。许多人甚至专程开车赶来,为的就是感受一下坐在板凳上吃面的感觉。

程小雨见过那些停在面馆附近的车,现代、尼桑、大众,还有路虎、宝马、奔驰。有次,程小雨甚至还看到了一辆宾利。不过,这些车主的光临并没有让程小雨对面馆有丝毫的改观,相反,她觉得这些人实在是吃饱了撑的。否则,何以来这种地方?如果程小雨有钱,她一定不会选择来这里。她要去的地方得宽敞、明亮。高大的落地窗,精致的烛台,还有舒缓的钢琴曲。程小雨对面馆的厌恶越来越强烈,以至于她再也不愿在里面多待上一秒。

16

信息显示程小雨的家在采莲新村十五幢,这是一栋上世纪九十年代的楼房,整栋楼为弧形,很宽,看上去就像一个被拉伸过的大牌坊。楼房的外立面上贴有一块块长方形的瓷砖,历经多年的风吹日晒,瓷砖早看不出原来的乳白,脏兮兮的。楼梯是老式的水泥楼梯,走上去,每一层楼都有一个长长的通道。通道很暗，每隔几米能看到一扇窄的铁门。程小雨家在四楼通道的最里头，门外堆着几个纸板盒和一个简易的鞋架。鞋架上摆放着五双鞋，三双是球鞋，一双是洞洞鞋，还有一双是黑色的大码布鞋。

郑桂莲早等在那里了。为了今天的家访，郑桂莲昨晚特意把房间里里外外打扫了一遍，又去了趟超市买水果、零食。所以，罗珏一进门便看到了满满一桌子的食物，还有一个加大版的程小雨。

罗老师您好，我是程小雨的妈妈。程小雨在班里已经算胖的了，罗珏没想到郑桂莲比程小雨还胖。她套件薄的棉布衬衣，整个人像是随时都会把那件衬衣撑破了似的。不过，她胖归胖，眉眼间流露出的表情却和程小雨大不相同。罗珏接过郑桂莲泡好的茶，又听到她说，我早听我家小雨说起您，她说您课上得好，特别喜欢您。郑桂莲的话纯属客套，且不说程小雨上课根本不听，就说昨天吧，郑桂莲本想把程小雨叫来，好套出点有关罗老师的消息。可结果呢，却是一问三不知。惹得郑桂莲最后只能气呼呼地说，反正明天你给我好好表现。

被要求好好表现的程小雨此刻就坐在罗珏的对面。她半低着头，两只手则放在大腿上，相互捏过来捏过去。罗珏略微尴尬地笑了下,她不知道郑桂莲的话是出于礼貌,还是她真不知情。接班后不久,罗珏曾向汪老师打探过程小雨的情况。汪老师正在休产假,她听到程小雨这三个字,不由地在电话那头叫出了声。哎,罗老师,我跟你说这个人哦,真是要多讨厌有多讨厌。还有她妈,宁可烧面都不给她送件衣服……

罗珏把茶杯放下了。小雨妈妈,听说你是开面馆的?

是啊。郑桂莲有点吃不准罗珏的意思,不免再次紧张起来。

你平时很忙吧,我前阵子还在一个公众号上看到过你家面馆。

郑桂莲悬着的心放下了。罗老师,不是我吹牛,我家面馆虽然小了点,但放在全市都算有名的。等过一阵子,我们把隔壁的店面盘下来就大了。到时候,我请你吃我家的招牌片儿川……

郑桂莲讲起面馆,就像是轮胎滚下了山坡,根本停不下来。小雨妈妈,罗珏发现这母女俩的性格实在是迥异,决定直奔主题,小雨平时在家都干什么?

我们小雨啊?被打断了的郑桂莲想了会儿,说,我们小雨还是蛮独立的,她很小的时候就自己上学了。平时么,喜欢在家里看电视。不过,她书也爱看的。我经常跟她讲,你想看什么就和妈妈讲，妈妈一定给你买。

罗珏看了眼程小雨，程小雨的两只手还在捏过来捏过去。小雨的作文挺不错的。上回，她写了篇周记，文笔很优美。罗珏想从程小雨的这个优点入手，再谈程小雨的问题。

郑桂莲却激动地站了起来，罗老师，别的我不敢说，但我们小雨在写作方面还是很有天赋的。不信你看，她四年级时还在区作文比赛中获过奖呢。

郑桂莲说着兀自进了程小雨的房间。罗珏跟在郑桂莲后头，她看到了一张粉色的床，一个粉色的衣柜，同样粉色的床头柜旁贴着两张旧沓沓的奖状，其中一张奖状上印着"程小雨同学：你的作文《我的胖厨神妈妈》在区'星火杯'征文比赛中获三等奖。"

17

如果罗珏再往右一点，也许就会看到奖状旁的那张斜贴着的明信片了，上面印有一片深蓝色的海和一大片粉红色的海滩。这片奇异的海滩位于大西洋西岸的哈勃岛，岛上建有二十五栋色彩各异的别墅和一栋粉色的教堂，被誉为世界上最性感的海滩。

程小雨并不知道这个小岛,她是在逛文化用品市场时发现这张明信片的。尽管华丰中学的女生都喜欢黑色、灰色,她还是把这张明信片买了下来,又贴在了家里的墙壁上。不久,她在汪老师办公室门口听到了那番对话,她才惊觉原来颜色也是带有有色眼镜的。譬如,一个白皮肤的人,可以穿红的、绿的、紫的、粉的,反正"一白遮百丑"。可是皮肤比较黑的人就不行了,那些颜色只会让她更黑。

第二天,程小雨穿了一件粉色的泡泡袖 T 恤。几天后,她又从柜子里翻出了一双高跟鞋。不消说,汪老师看到穿着高跟鞋的程小雨简直怒不可遏,她当着全班同学的面数落了程小雨一顿。程小雨呢,不仅不承认错误,还跟她顶起了嘴。汪老师气得血压都高了,她当即给郑桂莲打了一通电话,可那通电话并没有起到任何作用。程小雨上课不好好听,作业不按时完成,越发不像话了。

罗珏并不清楚以上这些情况,她接手初二(8)班的时候,程小雨已然收敛了不少。尽管她上课时不是发呆就是画画,但至少她作业是做的,同她讲话她也从不还嘴。罗珏想要尽快改变这个女孩。她给程小雨换座位,约她谈心,尽可能地放大她的优点表扬她,可程小雨还是不为所动。

假若罗珏继续这样纠缠下去,程小雨也许就要对她使出那一招了。那一招程小雨曾对汪老师使用过。当时，汪老师正像往常一样在教室门口训斥她。忽地，程小雨往后跳开了，她的两只手扒在了栏杆上，上半身伸到了栏杆外面。汪老师吓得腿都发软了，她连拖带拽，才把程小雨从栏杆上拉下来。此后，汪老师再也没骂过程小雨。

18

要是那时汪老师一个没拉稳，说不定她就掉下去了吧。脑袋开花，血溅一地。程小雨其实不想死。尽管活着没有多大乐趣，但死了就更没有了。何况，活着虽然无趣，但也远没到自杀的地步。程小雨不过是想吓唬吓唬汪老师，而汪老师显然被吓坏了。她没有把这件事报告给校方以及程小雨的父母，此后，更是彻底地将她当成了空气。

她们之间的平衡一直到罗珏的出现才被打破。罗珏就像个打钻机，非要在程小雨的身上钻出一个洞来。家访后不久，罗珏又约程小雨谈了一次话，地点在教学楼的屋顶花园上。这屋顶花园算是华丰中学的一项大工程，一年前，校方宣称要为全校师生打造一片全新的休闲区，工人们很快开始忙碌起来了。楼顶上被种上了绿植，修建了吧台，安上了木桌、遮阳伞，再加上咖啡机和餐盘，像极了一个露天咖啡厅。只是，等花园建成后，学校补充了一则重要通知：除非老师允许，学生绝不能擅自上去。

程小雨还是头一次来屋顶花园，天气很好，太阳暖暖地洒在她身上。罗珏把左手的掌心搁到了桌上，请程小雨在她对面坐下。手心里有一个一元的硬币。猜，正面还是反面？罗珏问。程小雨没有回答。罗珏捏住那枚硬币，用大拇指弹了下。硬币很快飞出去了，又掉在木桌上飞快地转起来。猜嘛，就是一个游戏。程小雨仍没有回答。那这样吧，我先猜，正面。说话间，硬币已经慢下来了，它像一个酒鬼在摇摆不定间轰然倒塌。

哎呀，是反面，罗珏有些可惜地说。她把硬币递给程小雨，到你了。程小雨没有猜正面或是反面，她接过那枚硬币，抛了出去。硬币被直直地抛到了半空中，又直直地擦过桌角，滚到了地上。

罗珏把那枚硬币捡起来了。大多数时候，我们的人生就好像这枚硬币，在停下来前你永远也不知道它会是正面还是反面。可有时候——罗珏把硬币立起来了，推了一下——我们还可以靠自己。

木桌上的硬币现在显示为"1元"。程小雨吸了下鼻子，罗珏的这套把戏，她早看出来了。什么家访啦，游戏啦，最终的目的都是为了谈心。说是谈心，谈的也不是程小雨的心，而是罗珏和郑桂莲的心。她们的心在"读书""努力"，还有"将来"上。就像郑桂莲常挂在嘴边的那句——你现在好好读书，将来才有出息。

说来好笑，郑桂莲自己从来不读书，却天天叫程小雨读书。她给程小雨买了一大堆的书，什么四大名著，中外文学经典，仿佛这样程小雨便能成为一个博古通今，下笔如有神的神童。郑桂莲的那句话就更可笑了——好好读书，将来才有出息。可是以程小雨的成绩，顶多考上个三流大学。毕业后，做个文员或者老师，赚的工资还不如开面馆。既如此，她又为什么要努力呢？

当然，程小雨不会真的开面馆。子承父业，守着那家破小的面馆，身上从此粘上那股厚重的面粉味。有关将来，程小雨也不是没有想过。但将来太过遥远，混沌，就像手里抓不住的流水。程小雨不想过早地界定自己的生活，跟大多数人一样读书、工作、结婚、生子，再眼睁睁地瞅着自己的下一代重蹈自己的覆辙。她也不相信什么"少壮不努力，老大徒伤悲"。程小雨最欣赏的一句话是"车到山前必有路，船到桥头自然直"。将来怎样，等将来到了再说吧。

19

那次谈话最后当然没谈出什么来。如果说,汪老师的特点是专制、自以为是,那么,罗珏则更像是在扮演某个救世主,或者说是灵魂导师。可程小雨不需要灵魂导师。

程小雨出生后不久,郑桂莲曾托人给她算过命,结果是五行缺水。郑桂莲和程国涛商量着,给她起了"小雨"一名。小雨小雨,这名字既好听,又解决了缺水的问题。程小雨不相信什么算命,但对于这个算命结果却笃信不疑。可不,她程小雨不就是太缺水了么。也正因为太缺,叫"小雨"没用,没准得叫"大洋"、"大海"才行。不过,也只是那么一想,到底没改名字。

改名字的另有其人,那是班上的潘家和。潘家和原先不叫潘家和,叫潘家禾。罗珏新接手初二(8)班,头一件事便是点名。当她打开点名册,念到"潘家禾"时,潘家和却突然站了起来,罗老师,我改名字了。

哦,罗珏细细打量了下眼前的男孩,那你叫什么?

潘家和。

啊?罗老师以为自己听错了,又眯缝着眼看了下点名册,上面清清楚楚印着"潘家禾"三个字。你叫?

潘家和，他说，家和万事兴的和。

罗老师这才明白过来。

通常，人改名字都是有所求。譬如，求聪明的，就改成"智"、"睿"，求平安，就改成"安"或者"康"。总之，求什么改什么。不过，潘家和这名字改得就有点让人摸不着头脑了。

见过潘家和的人都知道这个男孩长着一双桃花眼，长睫毛，薄嘴唇，像极了TFBOYS里的王俊凯。潘家和之前是在崇真小学念的书。崇真小学是杭城最好的民办小学。小学六年里，他的考试成绩从没跌出过前三名。除此之外，他还是班长、校大队委员，所获得的市、区级荣誉更是不计其数。最可贵的是，他还从不和人红脸，无论对方成绩是好是差，性格是好是坏，他从来都是和和气气的，绝不因为自己的优秀而看低对方半分。潘家和给人的印象是如此完美，以至于大家找不出他改名字的理由。

20

潘家和的脾气是随父亲潘锦麟的。这个市税务局的副局长常年坚持读书、看报以及跑步，在市税务局是出了名的好人缘。他夫人傅雅珺烫一头中长的卷发，不过，发色仍旧是黑色的，一双桃花眼，似笑非笑，只消看一眼便叫人难以忘怀。

乔治发型的店长阿T曾劝过傅雅珺染个亚麻色，那样更时尚。阿T边给傅雅珺吹头边说。但傅雅珺只是摇头，傅雅珺不同意染发是有原因的，她的头发黑而浓密，当初潘锦麟就说过放眼满大街都找不到像傅雅珺这么好的头发。

烫了发的傅雅珺更添了一份成熟女人的风韵，不过，和站在边上的潘锦麟一比，仍显得年轻了些。有好事的猜测这对夫妻相差八岁，但实际上，两人的年龄差比这还要大，足足相差了一轮。潘锦麟早先是有家室的，那时候，八项规定还未出，潘锦麟常去西湖边的一家饭店吃饭，也兼谈事。那家饭店的领班正好是傅雅珺，一来二去，两人便熟识了。

这么一讲，傅雅珺倒有点像时下的小三上位了。但若就此判定傅雅珺是只狐狸精，实在有些冤枉。傅雅珺其实是有男朋友的，她的男朋友是她的大学同学，毕业后去了上海工作。为了异地而处的事，两人不知吵了多少回。傅雅珺主张只要人在一起，工作可以另找。但傅雅珺的男朋友却不那么认为，他坚持要在上海立稳了脚跟，再把傅雅珺接过去。两人闹得不可开交。也是赶巧，那天，向来很有分寸的潘锦麟居然喝高了，一把将傅雅珺搂在了怀里，而傅雅珺一赌气竟也没有推辞。

事情若只到这里亦不过是一夜风流，可不久后，傅雅珺发现自己怀孕了。她心慌意乱地跑去医院，被告知她的子宫位置后倾，子宫颈口偏前，本身很难受孕。这次要是打掉，将来很有可能会怀不上。医生的话多少有点夸大的成分，但在傅雅珺听来无异是晴天霹雳。傅雅珺不想将来怀不上孩子，她把自己的忧虑告诉了潘锦麟。潘锦麟一听，只当自己是被傅雅珺讹上了。

不管怎样，这个孩子不能生，潘锦麟说。潘锦麟不说还好，这么一说，傅雅珺的犟劲就上来了。傅雅珺说，这个孩子我是一定要生的。又说，你要不认也行，大不了我去你们单位闹。吓得潘锦麟顿时出了一身冷汗。潘锦麟从来谨小慎微，唯恐有什么事影响了他的仕途。那天，他也是一时兴起才会喝多了酒，哪里想到竟招惹来了这桩麻烦。

潘锦麟看着傅雅珺。傅雅珺当然是美丽的，单是那对桃花眼，含情脉脉，就足够勾人了。还有她那头浓密的黑发，摸上去是那么顺滑、柔软。但傅雅珺再美，也是吃人不吐骨头的。潘锦麟后悔自己那天喝昏了头，更后悔自己上了这个女人的套。他越想越堵心，几天下来，头上竟多了好几茬银丝。

假若潘锦麟和傅雅珺再多相处些时日，他就会知道傅雅珺不过是在逞强，她根本不会做那样的事。可那时潘锦麟并不知情，只能将此事统统告诉老婆。所幸，他老婆知道后，不哭也不闹。她甚至爽快地同意了离婚，只是有一点，儿子得跟她。眼见老婆如此通达，潘锦麟心里感动之余，益发愧疚了。

21

潘家和并不知晓他父母的事。自潘家和记事起，他便从没看到过父母闹别扭。这里面既有他们各忙各的因素——潘锦麟忙他的政务，傅雅珺忙着管儿子，还有一点则是因为潘锦麟和傅雅珺的一个约定——再怎么样也不能在孩子跟前吵。潘锦麟立这个约定是为了减少不必要的纠纷，没想到傅雅珺却听进去了。好多次，等潘家和睡着后，傅雅珺便关起门来跟他吵。傅雅珺的双眼是瞪着的，声音是压低的，不知怎的，让潘锦麟联想到了"关门打狗"一词。

等潘家和再大一点，傅雅珺倒是消停了不少。傅雅珺不仅要接送潘家和上下学，还要跟潘家和一起奔波于各类的培训班。潘锦麟曾给潘家和列过一张单子：逻辑思维、自然英语、钢琴、围棋、国画和跆拳道。傅雅珺这是要把儿子培养成全才？呵，压根就是胡闹！潘锦麟心里这样想着，但嘴上却什么也没说。

这些年，潘锦麟是怕了同傅雅珺吵。只要一吵，傅雅珺的舌头就像自动安装上了追踪器，它总能从一个由头扯到另一个由头，兜兜转转，最后再回到那个夜晚。潘锦麟不愿再回忆那个夜晚，他也就懒得把傅雅珺从各类培训班里打捞出来。

要不是因为那张请柬，潘家和也许就会一直被蒙在鼓里了。那是张浅蓝色的请柬，正面印有一束纯白色花朵。它从傅雅珺的手里飞出又落在了潘家和的面前，潘家和捡起来，打开，看到了用楷体印着的"新郎潘家树"。

妈，这是谁啊？我怎么从来没听你们说过？若是在平时，傅雅珺肯定就回答了。但她只是绷着张脸，一声不吭。潘锦麟开口了，一个亲戚。亲戚？傅雅珺的声音尖起来了，家禾，妈妈跟你讲，这个人不仅是你爸的亲戚，还是他很亲很亲的亲戚。还是让他跟你好好解释吧。

22

傅雅珺后来是怎么跟潘家和解释的？潘锦麟不晓得。只要傅雅珺稍微动下脑子，她就该明白自己不该在孩子面前翻这笔旧账。他参加一下婚礼怎么了？这些年来，潘家树母子俩移民去了加拿大。他亏欠他们太多。好容易回来办个婚礼，他这个做父亲的还不能参加了?

等傅雅珺说完,潘锦麟就从家里出去了。他在小区外沿江的跑道上足足跑了一个多钟头才回来。进门的时候,傅雅珺已经睡了。鹅绒被和乳胶枕被扔在了客厅的沙发上。潘锦麟不由地苦笑了一下,看来,今晚又得睡书房了。

和傅雅珺结婚的头两年,傅雅珺动不动就用这招。一开始,他还哄她。他甚至研究过傅雅珺睡觉时的表情。傅雅珺睡觉时,会鼓着个嘴。莫非她连睡觉都在生气?不过现在,他不在乎了。他半是自嘲地走向书房,却看见潘家和坐在了那里。

一时间,他怔在了那里。对于这个孩子,他总有一种难以言状的感情。当初,他和前妻结婚三年也没怀上个孩子。两人跑医院,求偏方,各种正常的、稀奇古怪的法子都试了,这才有了潘家树。潘家树出生后,身子骨弱得跟葱花似的,动不动就感冒发烧。潘家和就不一样了,这个不请自来的家伙,身体好,脑袋瓜又聪明。朋友们谈起,最常说的便是"你家那个是别人家的孩子"。这话一箭双雕,连带着把他也夸了进去。可他听着听着,却觉得他们之间又隔了一层。

潘家树蹦出来了。潘家树小小的脑袋耷在肩膀上,嘴里呼出一口口热气,烫得他的心都要碎了。还有一点是他自己都不愿意承认的,他其实有点儿怕潘家和。也不是怕,就是冷不防地看到他，他心里就瘆得慌。潘家和的那对桃花眼，和他母亲的一模一样。看到他那对桃花眼，他便会不自主地想起那晚，那个一切错误开始的地方。

爸！潘家和的声音响起来了。他还来不及揩掉那种情绪，听到潘家和说，爸，我想改个名字。

23

问题学生程小雨和模范学生潘家和本来是八竿子打不着的。程小雨不追星，对女生们心目中的白马王子潘家和也不感兴趣。鲁思涵却不这样认为，鲁思涵说，多少女生想和潘家和分到一个班都没成功。可你看你，随随便便就和他分到了一起。这是什么？这就是运气。

鲁思涵和程小雨说这话的时候就坐在篮球架旁的跑道上。每周四下午，华丰中学的学生都可以自主选择社团。程小雨上篮球社团倒不是因为喜欢，体育老师华老师在某堂课上发现了她，他声称程小雨虽然胖，协调性却很好，假以时日说不定能成为女奥尼尔。

奥尼尔是谁，程小雨不知道。不久，当她看到了奥尼尔的照片时，才发觉这根本就是一场骗局。恰巧那天，程小雨的膝盖不小心摔破了皮,便不再训练了。此后,一上篮球课,她就喊膝盖疼。有天,当华老师在过道上遇到了程小雨——她穿着双高跟鞋在过道上走着——华老师觉得自己的肺都要被气炸了。这当然是后话了。

鲁思涵的协调性并不好,她选这门课主要是为了减肥。这个程小雨隔壁班的女孩长得又胖又矮,从远处看就像是一个圆滚滚的肉球。在华丰中学,像鲁思涵和程小雨这样胖的掰着手指头都能数过来,所以,这鲁思涵也算是个另类了。不过,这个另类的成绩却很好,特别是她的英语,常年霸占年级前十。

鲁思涵的爸妈都是医生。她很小的时候,他们就一起去了美国深造。按照鲁思涵爸妈的设想,等鲁思涵读完初中就可以把她接去美国。以鲁思涵的成绩再加上他俩的专业加持,攻读医学方面的专业根本不成问题。鲁思涵爸妈这样打算的时候并不知道女儿的心里早有了小九九。小学毕业前,鲁思涵迷上了一个叫TFBOYS的组合,这个阳光、俊朗的男孩组合给鲁思涵无聊的生活注入了一针强心剂。

鲁思涵不想做医生,做医生有什么意思?鲁思涵想做的事得和TFBOYS有关。看他们的最新MV啦,收集他们的一手资料啦。鲁思涵就连做梦都在哼TFBOYS的歌曲。而当她在新生大会看到作为新生代表在台上发言的潘家和时，她感觉自己沸腾了。他怎么能长得那么像王俊凯？不，不仅仅是像，他还成绩好，个性好。TFBOYS不重要了，重要的是这样一个完美的人竟然就在她的面前。

鲁思涵给自己制定了一张表，上面清清楚楚地罗列着潘家和每天放学后的行程，周一周二潘家和去校空模队，周三则是去校外的一家培训机构。鲁思涵就根据这张表在潘家和放学的必经之路上守着。除此之外，她还加入了篮球社团。只是那天，她才练习了十来分钟就不行了。鲁思涵被华老师抬到了跑道旁，等她稍微缓过来，一眼便注意到了坐在边上的程小雨。

程小雨盘着两条粗腿，左腿膝盖处贴有一张创口贴。那是张粉红色的创口贴，上面还印有一个美丽的公主。你这个创口贴倒是蛮好看的，鲁思涵说。程小雨的创口贴是她在文化用品市场里买的，一包共有五种颜色。你的发箍也蛮好看的，鲁思涵又说。

如果鲁思涵再讲下去，程小雨也许就会和她说点什么了，但鲁思涵却突然大叫了起来，啊——程小雨被鲁思涵吓了一大跳。然后，她听到了鲁思涵咯咯咯的笑声，你和潘家和是同班吧？

24

有一阵子，鲁思涵一下课就往程小雨的班级跑。通常，鲁思涵在教室门口张一眼，等程小雨出来后，再迅速将她拉到女厕所。鲁思涵会问程小雨今天潘家和有什么新情况，程小雨则摇一摇她那颗带着粉红色发箍的大脑袋，表示没有。鲁思涵就很失望。

鲁思涵最初想把程小雨培养成她的情报员。毕竟，程小雨和潘家和同班，条件不可多得。鲁思涵甚至还把她打听来的消息统统告诉了程小雨。她说，潘家和的生日是十一月七号，是典型的天蝎座。潘家和最喜欢的颜色是黑色，这是她推断出来的，因为潘家和的五双球鞋里三双是黑色，两双是蓝色。鲁思涵这样讲完全是为了激励程小雨，但程小雨显然不是这块料。有天，鲁思涵发烧没来上学，几天后，她才得知自己发烧那天恰好有个外校的女生来找潘家和告白。

这么大的事，你怎么就不知道呢？鲁思涵对此很生气。尽管潘家和没有理那个女生，听说他连看也没看她一眼便走掉了，可要这样下去，他难免不会被别人抢走。鲁思涵想来想去，决定创办一个后援团，名称她都想好了，就叫"禾苗会"。鲁思涵希望所有喜欢潘家和的女生都联合起来，共同参与这场保卫战。她兴冲冲地邀请程小雨成为禾苗会的第一个会员，但程小雨只是不响。这下，鲁思涵再也忍受不了了。她果断结束了这段友谊，此后，再也没来找程小雨。

鲁思涵有所不知，程小雨和潘家和之间其实是有瓜葛的。那是开学后不久，汪老师给大家讲评一篇作文，汪老师甩了甩她手上的一沓作文纸，道，昨天，我们写了暑假里的一次旅行，全班四十八位同学，写出旅行地特点的却寥寥无几。特别是其中一个同学，居然还写了西湖。

程小雨的脸烫起来了。之前，汪老师让她们写作文时，她倒是想写别的地方的，可整个暑假——更准确地说是一年到头，郑桂莲夫妇都在面馆里忙个不停。夫妻俩唯一休息的时间是在春节，他们会带上程小雨回一趟老家，等七天一过，面馆门口的八字炮一响，一切又回到了正轨上。难得的，他们不回老家，三个人就在家里待着。郑桂莲有句口头禅，出门花钱又累人，还不如在家。程小雨不想写老家，老家又破又旧，便只能写西湖。尽管这西湖也是很早以前去的，记忆模糊，但总好过没有。

程小雨同学，请你解释一下为什么写西湖？程小雨站起来了，她的下巴往后缩了缩，因为……我没去过别的地方。啊？汪老师的声音如一根刺。她不相信似的看了会儿程小雨，又挥手示意程小雨坐下。

教室变得安静了。其实教室本来就很安静,只是这下安静得有些异样。在润声小学,无论什么事都是摆在台面上的,一是一,二是二,再怎么糟糕也码得清清楚楚。不似这里,看上去谁都没说,可谁都在心底把这事嚼了个稀巴烂。程小雨后悔了。本来,她只要闭嘴就能把一切归结为没认真写,可现在……她觉得脑子很乱,偏偏汪老师的话却一字一句无比清晰地飘进了她的耳朵里。

当我们抵达哈勃岛时,我被眼前的景象震撼了。粉色的沙滩,从我们的脚下开始,似乎一直绵延到天边。这种粉,没有一丁点儿的艳俗,它是清丽的,可人的,带着少女的天真和娇羞。天空是如此的澄蓝,海水是如此的澄净。盛大的落日照在沙滩上,还有那些各色的别墅上,一切就宛如梦境一般。

哈勃岛的海滩为什么会是粉色?导游告诉我们,有研究表明,哈勃岛附近的海洋中有种古老的动物——有孔虫。这种动物的历史可以一直追溯到5亿年前,它能分泌出大量的钙质或硅质,形成红色或者亮粉色的外壳。而有孔虫死后,他们的外壳就成为了沙滩堆积物的主要来源。

想想吧,这片令人心动的粉红色海滩的外表下其实是海洋古老动物尸体的外壳堆积物。知道真相后,我的脑子里立马跳出了"金玉其外,败絮其中"。而生活中,我们又何尝不像这样被事物的外表所蒙蔽呢?

你们看!汪老师忘情地说,潘家和同学就是紧紧抓住了哈勃岛的特点。不仅如此,他还能有所思,有所悟,才写出这样一篇优秀作文。

那片海滩浮上来了,那片海滩就贴在程小雨房间的明信片上。她天天看,天天看,可她甚至还不知道它在哪,也从没想过原来有人真有一天会去那……

25

潘家和没有被评上三好学生虽说有些意外,但很快它就和其他事一样被大家淡忘了。这是初夏的傍晚,程小雨走在学校的操场上,不远处,一个工人正拿着根塑料管在给绣球花浇水。为了养护这些花,华丰中学的工人们每天都会雷打不动地给它们喷足两次水。

程小雨伸出手,那是朵蓝色的绣球花,其中几片花瓣是纯白色的,上面还滴着水。程小雨轻轻一采,一片花瓣就掉了下来。她把那片花瓣放在左手的食指上,又用大拇指使劲地搓揉。花瓣马上蜷拢了,它像是一条没有完全粘合在一起的橡皮屑,干巴巴地停在她的食指上。她把那条"橡皮屑"扔了,又采了一片,搓起来。

半个月前,班里丢了一只无人机,那是陈昊的无人机。陈昊本来是要带着那只无人机参加市空模比赛的。罗老师告诉大家后,全班上上下下、里里外外都找遍了,也没找到。恰好那天,程小雨把雨伞落在了教室。她一口气跑上四楼,却看到了罗老师。罗老师站在连廊上,她的双手环抱在胸前,半个身子则挡住了她对面的潘家和。罗老师当时挂着张脸,表情凝重,一点都不像她平常的样子。程小雨只觉得有些怪,但具体哪里怪又说不上来。第二天,那只无人机便自己跑出来了。罗老师解释说是总务处的老师经过教室,见没人在,便拿去代为保管。

但直到潘家和没有被评上三好学生的那刻,程小雨才明白过来。"橡皮屑"已经堆成了一堆,程小雨把它们统统抓到手心里,扔了出去。

26

才进入六月,华丰中学的气氛便骤然紧张起来。六月是传统意义上的考试季,而华丰中学还要举办"华丰杯"青年教师技能大赛。算起来,这已是第六届"华丰杯"青年教师技能大赛了。本届大赛保留了以往几届的规则,除此之外,还要求所有上课老师采用 team model 技术。

所谓 team model,简言之就是一项整合软件、硬件、网络与云端计算等最先进的教学科技技术。教师可以通过学生端的学习载具(IRS 即时反馈系统、智慧型手机或平板计算机 pad)同步接收全班讯息,立即掌握学生学习状态,引导启思或调整进度。从此,师生与生生之间便好比拉开了一张网,紧密联结,又高效互动。

自收到消息起,罗珏便忧心忡忡。照理,以罗珏的岁数和资历,不该算作青年教师的。可她调进华丰中学还未满一年,"新"字当头,自是免不了首当其冲。果真,比赛前,罗珏被钦定为赛课老师。于是乎,磨课——试教——推翻,再磨课——再试教——再推翻,再加上捣腾那项新技术,自是苦不堪言。

好容易挨到比赛当天。上课的地点就在多功能报告厅。

班级也是之前定好的，就是罗珏自己的班级。这是罗珏所在团队的意见，毕竟自己班嘛，上起来顺手。事实也确实如此，整堂课，初二（8）班都展现了灵动、大气的一面，直到罗珏看到了那份批注。那是程小雨在 Pad 上写的批注，内容翔实，且十分有见地。罗珏把那份批注投到了大屏幕上。程小雨，请你来说一说。

若是在平时，罗珏定然会觉察到程小雨的不对劲了。自她教程小雨以来，程小雨还从来没这么主动、积极过。可当时，罗珏被报告厅里两百多双眼睛注视着，也就没在意。不仅没在意，她甚至还有点儿得意，是"守得云开见月明"的那种得意。

程小雨站起来了，脑袋半歪着，两只眼睛则直直地盯着她。如果有人做错了事，是不是应该坦白？罗珏听出程小雨的来者不善了，可现场那么多双眼睛盯着，她没法拉下脸来。当然。她边说边示意程小雨坐下。

程小雨却并不坐下。要是有人故意知情不报呢？那算不算是包庇？罗珏的脸色"唰"的变了，但她仍然勉强挤出一个笑脸。小雨同学，这不是我们这节课讨论的范畴，等下了课我们再讨论，好吗？不好。从程小雨的嗓子里扯出了两个字来，最后那记高音拖长了，颤巍巍的。罗珏便晓得这节课崩了。

创口贴　　057

27

那节课后来是怎么结束的,罗珏忘了。她只记得课一上完,她就从报告厅里出来,走掉了。当然,谁都不会说她什么。他们会避重就轻地讲这节课是如何如何地好,如何如何地从生本出发,如果不是因为那个插曲。更有可能,他们会索性将那事略过不提。

问题是,她怎么能像他们一样略过不提?此刻,她站在厕所的大镜子前,能感到体内千万只蚂蚁正一起啃噬着她。她开始怀疑自己为何非要坚持让程小雨上课?上课前,队里的老师不是没提醒过她,务必把班里的捣乱分子"清理"干净。这是老师间公开的秘密,没什么可害臊的。可她呢,偏要秉承一视同仁的原则,让所有学生都受到公正的待遇。这下可好,她是搬起石头砸自己的脚。

扪心自问,她对程小雨够好了吧。她给她调换座位,约她谈心,还给她买这样那样的东西——给程小雨那瓶香体露后,她还给她买过好几顿早餐,牛奶、三明治、紫菜饭团,程小雨吃得狼吞虎咽。可第二天早晨,她照旧空着肚子来上学。退一步讲,就算她待她不好,也不算坏吧。可程小雨呢,不领情也就罢了,偏偏还反咬了她一口。

鬓角的汗淌下来了。罗珏虽然瘦,却极易出汗。尤其是她那张脸,天气一热,汗就滴滴答答地往下淌。这也是她极少化妆的原因,她怕妆不到一天就花了。就好比现在,她把水龙头拧开,往脸上抹了一把,防晒霜、隔离、粉底液,还有口红就着水化开了,却又化得不全,像浮了一层猪油,油腻腻的。她一连抹了几把,终于清爽了些。

脑袋也随之冷静下来了。她回想起了程小雨的话,句句都像冲她而来,莫不是她晓得了那件事?可她又马上推翻了自己的想法。找潘家和谈话的那个傍晚,程小雨确实看见了。可那仅仅只是匆匆一瞥,她又能知道什么?

更何况,就算程小雨真知道了,她也没什么可怕的。整件事上,她都是为了最大程度地保护那孩子,绝无任何私心。人非圣贤,孰能无过?她给他一个改过自新的机会,难道错了吗?她气就气在程小雨根本没给她任何解释的机会,她这样没头没脑地来上一出,还是在那么多人面前,叫她罗珏的脸往哪儿搁?

28

办公室里开着冷气。偶有老师进来,会看到办公室角落里的那两个人，一胖一瘦，一站一坐，彼此僵持着，那阵势竟像是高手过招。乍看之下，那瘦的眉头紧锁，步步紧逼，似乎占了上风。可偏偏那胖的以不变应万变，这么一来，瘦的所出的招数皆像是和了一层稀泥，软塌塌的。这和罗珏想象中的截然不同。

谈话前，罗珏是给自己做了思想工作的。她要自己沉住气，千万别发火。她程小雨不是想问个明白吗？那就打开天窗说亮话，说说她究竟哪里知情不报？又包庇了谁？只要程小雨肯说，她就能解释。罗珏的理由十足、充分，没什么好怕的。可程小雨却突然成了哑巴，不管罗珏怎么说，她就是闭口不答。

前额的那小撮头发又湿了。这么足的冷气下，她竟然还在出汗。她捋了下那小撮头发，问，今天早上你讲的话，总该记得吧？程小雨把眼睛抬起来了，眨巴了下眼睛。忘了。忘了？罗珏就要朝程小雨发火了，她很想问程小雨不就是想说无人机这事？可万一程小雨说的不是这事，她岂不是自找麻烦？当然，她也可以极尽所能地骂她，把她骂个狗血淋头。自从不能体罚学生后，好多老师不都是这么做的？可那又不是她的作风。

在罗珏近二十年的教学生涯中，还从来没有这样挫败过。她原本做了最坏的打算：程小雨和她叫板，双方唇枪舌剑，谁也不服谁。可现在看来，整件事简直莫名其妙。罗珏哪里猜得到程小雨本来是准备好和她大吵一架的。程小雨要揭开罗珏虚伪的面具，叫她当众出丑，可就在她喊完"不好"后，她猛地就缓过味来。假使她的话全说白了，罗珏问她有什么证据，她该如何作答？

证据？呵呵，她当然有证据。罗珏找潘家和谈话那次，还有潘家和破天荒地没有被评上三好学生（他不过才请了一个礼拜的假）。她敢百分之百保证，那就是真相。可谁又会相信她？

她用余光扫了一眼会场，那两百多双眼睛还在盯着她。她想起了小时候看的鬼片。那时候，她还小，一看到电视机里那个青面獠牙的鬼便往被窝里钻。可现在她清楚了，有形的鬼并不可怕，可怕的恰恰是一阵风，一阵没来由的声响。可怕的是，你明明知道有鬼，却不知道鬼在哪里。

29

发现那对眼睛纯属偶然，当时，潘家和正从科技楼出来，冷不丁就瞥到了那对眼睛，从位置上看应该是在对面艺术楼的四楼。他把头抬高了点，试着看出个究竟，但隔着那扇狭长的窗户，他只能辨认出那对眼睛，不大不小，和别的眼睛没什么不同。那人似乎把眼睛以下的部位全藏了起来，他也就没法得知那人是高是矮，是胖还是瘦。

潘家和的眉心皱了一下。从小，潘家和没少在大人面前表演，弹钢琴曲啦，背英文诗啦……傅雅珺恨不得将这个宝贝儿子整个儿地掏出来给大家看，而他呢，总是乖乖配合着，再收获一阵又一阵的赞叹声。

等他再大一点，他收获的东西就更多了，证书、奖状，还有一封封的表白信。华丰中学的学风虽好，但难免会有一些情窦初开的女生。有段时间，有个女生还一天到晚跟着他。那个女生胖得离谱，她跟着他也就算了，偏偏还一惊一乍的，她身上的肉也就跟着一抖一抖。

对于这些人，潘家和谈不上讨厌，也谈不上喜欢。就像那些生来优秀的人注定要比别人承受更多的重量：他人的期许、崇拜，以及爱慕，他早习惯了。潘家和的这种习惯一直保持到那张请柬的出现。那是张浅蓝色的请柬，它从傅雅珺的手里飞出，又掉到了他面前。他捡起，打开，看到了上头印着的"新郎潘家树"。再后来，摔门声响起来了，紧接着，是母亲撕心裂肺的哭声。尽管第二天，她连连跟他解释昨晚说的全是气话，但他心里头却明白那是真的了。

对楼的眼睛闪了一下,消失了,潘家和仍旧盯着那扇窗户。他忽然很想问问那对眼睛,假如他没有这张脸,没有好成绩,假如——他不再是他,那么,她还会继续跟着他吗?

30

陈昊的无人机是在某天放学后失踪的,之所以用"失踪"一词,主要是因为这事实在是有点邪门。据陈昊回忆,那天,他训练完想去上厕所,便把那架无人机放在了教室后边的窗台上。可等他回了家,再赶回教室,哪还有那架无人机的踪影?

除陈昊外,班里还有三个空模队队员。那阵子,为了备战市里的比赛,校空模队每天都要留下来集训。罗珏分别找这三人问话,三人均表示他们是在陈昊离开后进的教室,又一起离开,其间谁也没有注意到那架无人机。

亏得教室里还装有摄像头,罗珏跑去监控室调出当天的监控录像。三人所言不假,他们是在陈昊离开五分钟后进的教室,他们待了会,又一起离开。一个小时后,陈昊回来了,他看上去很急,在教室里前前后后找了三圈才离开。

问题就出在他们三人在教室里的那段时间,罗珏算了下,那段时间总共是八分二十秒。但由于无人机和他们所在的位置恰好在教室最后面，属于监控死角，所以从监控录像里并不能看出什么。而三个孩子的口径更是高度一致，他们说自己在聊天，聊 NBA 和一本新出的漫画。除非三人合谋，否则很难解释这架无人机会无缘无故地消失。尽管，这样的几率实在太低——且不说这三人的人品，单是潘家和就足以叫罗珏打消掉那个念头——可既然监控显示那架无人机没有自己飞出教室，在他们离开教室后，也没有其他人进来，那么，他们就有不可避免的嫌疑。

理是这么个理没错，但真要让罗珏相信又是另一回事。罗珏把那段监控录像翻过来看过去，又找来其他同学，可仍是一无所获。就在她以为毫无希望之时，事情却忽地出现了转机。在罗珏第 N 次观看那段监控录像时，一不小心快进到了第二天。才五点三十五分，潘家和出现了，他背着个书包径直走到教室后头。再出现时，书包已经到了他手上。他把那只鼓鼓囊囊的书包放在了座位上，又从书包里抽出一本书，看了起来。

31

来杭州的短短一年里，罗珏没少想不明白。就说学校引进人脸识别系统这事吧，老师们忙前忙后，干得热火朝天，可不久却被告知系统暂停了。原来有家长打了市长热线,投诉系统侵犯学生的隐私。本来嘛,罗珏对这系统并没多少好感,可知晓情况后,她心里还是止不住地发毛。系统试点前,学校给每位家长都发了一份调查问卷,收上来的情况是一片倒地叫好。可谁想到一转头,有人就告到市里去了。

罗珏拿眼瞅潘家和,他还跟过去一样,若不是她亲眼所见,她怎么也不会想到那个人居然会是他。他肯定不缺钱,也不缺无人机。若论比赛成绩,他比陈昊的还要好。去年,他和陈昊分获市空模比赛二、三等奖。他是想借机排除掉这个潜在的对手?她想不明白,更不明白的是,他明知道有其他人在场,难道就不怕被他们发现?

越想,罗珏就越发现自己进了一个死胡同,怎么都绕不出来。她甚至不晓得该如何同他开口。她怕他不承认,那么便只能给他看那段监控录像了。但罗珏不想给潘家和看那段录像,那感觉就像是胁迫。何况,尽管监控录像拍下了那个鼓鼓囊囊的书包,但毕竟没有显示书包内部。万一他一口咬定说书包里装的不是无人机,她又该如何是好?

事情后来和她想的却不大相同。她和他谈了没几分钟,他就承认了。据潘家和交代,那天,他回教室时确实没注意到那架无人机,他是在准备回家时发现它的。

可那时不是还有人在？

是，他们在聊天。我背对他们，把它塞进了底下的一个书包柜里。

哦。罗珏在心里叹了声，难怪陈昊来来回回也没找到，谁又能想到那架无人机就在底下的那个书包柜里？那它现在在哪？

在实验室，一个塑料箱里。

事情至此总算是水落石出，只是那个最核心的问题还没解决。你就不怕会被他们发现？

怕。

那为什么还……

不知道。过了一会，他又说了遍，我不知道。

此时，就算罗珏再想了解原因，也晓得不能再问下去了。她本来打算等过段时间他平静点了再和他详谈，可第二天他却请假了。他妈妈打电话来说他急性阑尾炎发作，需要做个手术。再见到他是在一个礼拜以后了。

32

正所谓人逢喜事精神爽，郑桂莲近来因着喜事，连原本看不出的腰杆也挺直了。话说这第一喜是乔迁之喜。郑桂莲在钱江世纪城买的新房前几天交付。钱江世纪城是杭州国际化战略发展中最具潜力的发展板块。郑桂莲买的房子是精装修的，共一百八十方，四房两厅，还附送一个露台。站在露台上往楼底下望，只觉神清气爽，连脸上的褶子都跟着舒张开来。

这第二喜是扩张之喜。早先，郑桂莲和房东谈拢，只等着隔壁那家租期一到就签约。谁晓得就在签约前，房东临门一脚，反悔了，房东想要坐地起价，郑桂莲不肯，事情也就这么一直拖着。也是赶巧，恰好这两日面馆左边那家水果店经营不善，要求转让。这真是"有心栽花花不开，无心插柳柳成荫"。郑桂莲抓准时机，火速将那家店面盘了下来。

而这第三喜来的就更不易了。程小雨长这么大，郑桂莲最得意的就是把她弄进了华丰中学。华丰中学——光听这名字就够气派了。只是程小雨的成绩始终没有起色，按成绩，程小雨肯定考不进重高，而考不进重高的程小雨就只能去读职高，这等于直接宣判了程小雨的死刑，不仅是死刑，还永世不得翻身。想到这里，郑桂莲再也睡不着了，她打听来打听去，终于打听到了一条门路。

这条门路是去富阳的一所私立高中就读。这所私立高中是近两年兴起的，学校实行军事化管理，最新一次的高考成绩甚至不亚于杭州主城区的一类重高。当然，花费也不菲。夫妻俩商量了一下，这钱必须花。只是，程小雨那头还得瞒着，万一老天保佑，让她考进重高了呢。还有一句话，两人都没讲出来，其实他们是怕程小雨晓得后，就更不用心读书了。

也不知是否夫妻俩的苦心终于奏了效，这几日，程小雨竟像变了个人似的。过去，每到九点，程小雨都会雷打不动上床睡觉。郑桂莲要她用功，她便说自己困，第二天上课会走神。可现在，时钟已经过了九点，程小雨房里的灯仍是亮着。郑桂莲推门进去，看见书桌上摊满了一大堆的书，语文、数学、物理，还有化学，程小雨把头埋在那堆书里奋笔疾书。郑桂莲轻轻退出去了，关门前，她又把头探了进去。不早了，小雨，你明天再写吧。

33

程小雨站在一扇窗户旁，那是一扇狭长的窗户，就在艺术楼的三楼和四楼之间。程小雨的身体紧贴着墙壁，透过那扇狭长的窗户，她可以看到对面三楼从左往右数的第四个格子里的潘家和。

潘家和正在摆弄一架无人机。连续三天了，每天放学后，潘家和都会来这里。事实上，市空模比赛已经结束，潘家和没有参加，比赛前，潘家和得了急性阑尾炎。既如此，程小雨也就搞不懂他为何还要坚持到这里训练。

是为了提高这架无人机的性能？还是为了下次比赛做更充足的准备？程小雨不明白。她开始还想要通过跟踪潘家和找到相应的证据，可她跟踪他的时间越长，却越发觉他的无懈可击。

她觉得眼睛有点酸胀，伸出手揉了揉。再睁开眼时，潘家和不见了。几分钟后，他走了出来，在科技楼门口停了会儿，蹲下来去摆正一个翻倒的花盆，起身，拍了拍手，再朝前走去。一切正常得不能再正常。

事情就是这个时候发生的。事情太过突然，以至于她愣了好一会儿才反应过来。他都已经走出好几步了，突然，又折了回来，对着那个花盆猛踢了一脚。

花盆"嘭"的一声倒下去了，几片叶子被踢落在了地上。他似乎还不过瘾，又对着那个倒下的花盆乱踢了一通。

对了！她想起来了。以前她听到过某某明星偷窃成瘾，某某明星有暴力倾向的新闻。没错，就是这样。这就可以解释他为什么要偷东西了。这个所有人眼中的模范生，才是真正的"金玉其外,败絮其中"。可惜事情发生得太快,她没来得及把刚才的那幕拍下来。她正想着下次无论如何都要把这些情况拍下来,冷不防,有人拍了下她的肩膀。

是个女孩。女孩的身体很单薄,一张圆脸上长满了大颗大颗的青春痘。我警告你,最好别再跟着他。女孩显然把她当成了鲁思涵第二。她当然不是鲁思涵第二,可问题在于就算她是鲁思涵第二,她又有什么资格叫她以后别再跟着他?

她吸了下鼻子,决定不予理会。当她绕过女孩,走下楼梯的时候,她听到背后传来的声音:你也不撒泡尿照照镜子。他永远都不可能喜欢你!

34

早晨七点的武林广场,人不算太多。站在广场上,能清楚地看到广场四周的杭州剧院、科技馆和杭州大厦。广场中央,一群老太太正在跳广场舞。老太太们的身后是一个梅花形的音乐喷泉,喷泉内立有八个少女雕像,少女们或手拿红绸,或半抱琵琶,看上去好不轻盈、优雅。

说起这八少女音乐喷泉,老杭州人没有一个不知道的。它是杭州历史上第一座现代化音乐喷泉,其中少女的数量也是精心设计过的，寓意的是1943年5月3日杭州解放的那一天。自从有了这八少女音乐喷泉，武林广场就成了外地游客来杭州必到的景点之一。每逢周末，来看喷泉，拍照的更是不计其数，这种情况一直到武林广场改建，八少女不得不被拆除才结束。现在的八少女是拆后重建的，材料由水泥升级成了不锈钢，再在不锈钢外头喷上了一层氟碳白漆，以求最大限度地保持原味。

程小雨对于八少女并没有什么特殊的感情。程小雨忘记了她小时候其实看过这八少女的。那时，她才十个来月，望着一起一落的水柱，不由得咯咯地发笑。她当然也不知道她爸妈来杭州的第一站就是这八少女音乐喷泉。两人感叹杭城现代化之余，更发誓要努力在这座城市扎下根。及至后来，两人四处打工，生活窘迫却是他们怎么也想不到的。

此刻，时间尚早，程小雨在喷泉边坐下。出门前，她没吃早饭，口有点干。她从书包里拿出矿泉水瓶，拧开瓶盖，连喝了几口。程小雨是和郑桂莲说今天去学校补课的。期末考试刚刚结束，但凡郑桂莲有点心，就知道程小雨在撒谎（教育局三令五申，严禁学校假期里组织学生集体补课）。但郑桂莲听到"补课"二字，高兴都来不及，也就没有去求证。

水咕噜咕噜地从喉咙里顺下去了，程小雨拧紧瓶盖。西面，三十多辆大巴齐整整地停在那里。再过一个钟头，她就会坐上其中一辆，再开往那个公园。那个公园是她在196路公交车站的广告牌上看到的，那是一大片粉红色的花海，花海上方印着大的"心的海洋"四个字，下面一行写着："本公园的花全部为日本矮牵牛花的改良品种，让您浪漫一夏。"她心动了一下，拿出笔和本子把公园的地址抄了下来。也仅仅只是抄下来而已，毕竟那个公园所在的地儿离这里还有一个多小时的车程。但那晚，当她像往常一样再次经过那块广告牌时，一个声音噌的就从她的脑袋里冒了出来。你也不撒泡尿照照镜子。他永远都不可能喜欢你！

35

潘家和一眼就认出了那个女孩。那个叫程小雨的女孩站在科技楼的大门口，她右手的大拇指插进了裤袋里，留出另外四只手指头并拢在裤袋外头。同窗两年，他和她没有任何交集，所以，他也就没想到会是她。可现在，他瞥到了她的那对眼睛，乍看之下和别的眼睛没什么不同，但直觉告诉他，她就是跟踪他的那个人。他吸了口气，继续朝前走去，快走到她跟前时，她的四只手指头全伸进了裤袋。她的手在裤袋里捣腾了会儿，掏出一样东西来。

不用看，他也知道那是什么。这些年，他收到的表白够多的了，可抛去这些表白本身，她们又究竟知道他什么？他把身子偏了偏，没打算接那张纸条，她却索性拿手横挡在了他面前。我知道你那件事的。她的声音不大，眼神却不容他置疑。

一时间，他没反应过来。她怎么会知晓那件事的？显然，罗珏不可能告诉她，那么，她多半是猜测。他应该否认的，但他倏地就感到了轻松。他把纸条打开，看到上面用黑色水笔写的歪歪扭扭的几个字：后天早上八点，武林广场见。

好。仿佛为了确认他说的这个字似的，他用力捏拢纸团，丢进了垃圾箱。

好。此刻，他的话犹在耳边，但她却不禁怀疑起来。他为何会这样爽快地答应她？他明明可以否认的。毕竟，她还没说什么。她甚至做好了唬他的准备，尽管她还没拿到那段监控录像，但她确信那就是事情的关键，可他却立马就同意了。

酸臭味上来了。她的肩膀、后背，还有夹肢窝底下全粘作了一团，她抬了下手臂。侧后方，太阳照在那些少女的身上，反射出一层白的、明晃晃的光。她觉得头有些晕，再睁开眼，少女们不见了。面前是一大片粉红色的花海，从这头一直绵延到那头。她还想去摸下，一阵熟悉的旋律响了起来。

苍茫的天涯是我的爱,绵绵的青山脚下花正开,什么样的节奏是最呀最摇摆,什么样的歌声才是最开怀。一个女声砸过来了,看不出,你还真能死缠烂打啊。

36

注意到那个创口贴时,休业式已经快要结束。也难怪,那天早晨,罗珏一直心神恍惚,再加上那个创口贴实在太过普通(黄的,被程小雨前额的刘海挡住了),她也就没注意。罗珏走过去问程小雨,怎么了?没怎么。再问,程小雨烦了,她把头一歪,说,不小心摔的。

程小雨当然不是不小心摔的。那天,程小雨反应过来时,手里的矿泉水瓶已经不见了。它不知什么时候滚到了地上,又被一只脚死死地踩住。那是只瘦长的脚,脚的外边是一只灰色的凉鞋。顺着那只脚往上看,她看到了那个青春痘女孩。

我们跟了你很久了,青春痘女孩微微晃动了下她的圆脸,你不会真的以为他会来吧?

她这才发现青春痘女孩后边还站着两个人,其中的一个她也认识的。

我一直以为你不喜欢他,鲁思涵看上去比以前更胖了,她说，这样吧，我们商量过了，只要你同意加入禾苗会，以前的事我们就不计较了。今后，我们有福共享，有难同当。程小雨没有响，她想，她们又有什么难可以同当呢？所以，程小雨只是盯着那只灰色的凉鞋和凉鞋底下的矿泉水瓶。

怎么样？鲁思涵又问了遍。程小雨还是没有响。从程小雨的嘴里发出了一连串的噗噗噗的声音，像是在吐泡泡。别跟她废话了，我早看出来了，她是不会和我们合作的。青春痘女孩说着想去推程小雨，被程小雨躲开了。但她没有注意到另一个女孩。那个一直没吭声的女孩突然就冲了过来，程小雨被女孩一撞，一个没坐稳，便翻滚了下来。

血顺着程小雨的鼻梁流了下来，很快染红了一片。她听到了一声尖叫，接着是纷乱的脚步声，又迅速消失了。等她们三个全跑没了，她才发觉那首《最炫民族风》还在放着。

苍茫的天涯是我的爱，绵绵的青山脚下花正开，什么样的节奏是最呀最摇摆，什么样的歌声才是最开怀。程小雨忽然就很想笑，现在，她必须承认，在潘家和说"好"的时候，她是有过一丝感动的。倒不是因为她报复了那个青春痘女孩，而仅仅只是因为他的愿意。可她竟然愚蠢到相信他，相信他真的会来……

不过现在，都没关系了，她望了眼左前方的那张桌子。

过不了多久，他就会尝到她的厉害了。但奇怪的是，直到休业式快结束，他也没出现。她无比焦躁地望向门外，冷不丁听到罗珏说，今天的休业式到此结束。另外，由于潘家和同学转学，下学期我们班的班长就先由副班长顶上。

37

程小雨是最后一个离开教室的。正午时分，学生已经走得差不多了。程小雨独自走在空荡荡的校园里，她觉得这两天的经历简直荒唐透顶。

就在昨晚，程小雨写了满满三页的举报信。信里详细地描述了潘家和如何偷了一架无人机以及班主任罗老师如何地包庇他。今天，她又特意起了个大早，赶在有人之前将那封信塞进了校长信箱。她就像个拳击运动员，随时准备着给对方以致命一击，可对方却不见了。

举报信变得不重要了，不仅不重要，还十分可笑。她能想象出校长看到那封举报信时的表情。谁又会为了一个转学生去调查、证实这种事情？更何况，就算调查属实，谁又会去那所学校核实，自曝丑闻？

程小雨的双手攥着书包肩带，她不知道自己接下去该去哪里。这时，她看见了鲁思涵。鲁思涵就在离她不远的一棵樱花树下。鲁思涵的脸涨红了，像是在和青春痘女孩争吵着什么。过了一会儿，鲁思涵突然跪下了，她用那两只粗胖的手紧紧缠在了青春痘女孩细杆一样的腿上，看上去分外怪异。

你真是疯啦！青春痘女孩叫起来。她细瘦的手使劲敲打了鲁思涵一阵。另一个女孩也跑过来了。两人手忙脚乱了一阵，总算把鲁思涵的手掰开，又跑开了。

现在，樱花树下只剩下鲁思涵一个人了。程小雨走过去，她听到鲁思涵在哭，那是种和鲁思涵体型完全不相配的嘤嘤的啜泣声。鲁思涵哭了一会，喃喃道，走了，全走了。听说他爸爸出了事，在加拿大买的房子被查了，禾苗会也没了。鲁思涵又说，其实那天我回去看过你的，但你已经不在了。我可以跟你保证，以后，你爱怎么跟他就怎么跟他。我说的都是真的。还是说——你也和她们一样不喜欢他了？

鲁思涵把头抬起来了。程小雨没有响，她想起四年级时，她写过的一篇作文，那篇作文在区征文比赛中获了奖，老师还在班里进行了朗读，但从此，她多了一个绰号"胖婆"。

鲁思涵还在等程小雨的回应。程小雨掉转身，朝那只校长信箱奔去。那只长方形的铝合金信箱，她想，她会找到一块石头敲碎它。

02 曼珠沙华

1

楼道里一片漆黑。史千秋跺了下脚,灯还是没亮起来,看来感应灯又坏了。每隔一阵,这栋楼里的感应灯就会坏掉一个。修了坏,坏了再修。他摸出手机,点下"手电筒",手机背后的圆点发出一道白光。他将白光对准钥匙孔,掏出钥匙,打开门。

屋里黑黢黢的。史云帆不在,应悦坐在沙发上,一动不动。人若是头一次见这场景,必定会被吓一大跳,但史千秋都习惯了。他脱掉鞋,把鞋搁在简易鞋架上,冷不丁听到楼梯上一阵声响。

应悦一骨碌站起,快步走到门口。是帆帆回来了吧,今天累不累啊?来,妈妈给你拿鞋。应悦像是没看见史千秋似的,接过史云帆的鞋和书包。又问,想吃点什么?随便。史云帆的声音懒懒的。好,妈妈给你做牛肉面。

应悦到厨房里忙开了,史云帆呢,从史千秋身边经过,径直趴在床上。自打史云帆上了初二,天天很晚回家。问他去哪,只说去同学家。刚上启航中学那会儿,史云帆可不是这样。启航中学的放学时间是下午五点,他会在五点一刻准时出现在家门口。进了门,也不做作业,只四仰八叉地往床上一躺,开始玩手机。这样的场景若是换作别的孩子的母亲,早骂过去了,但应悦不。

应悦已经一整个白天没看到史云帆了。史云帆出院后,休学一年。等第二年,插进新班,应悦便辞职照顾起了史云帆。早晨,她会背着那只蓝色书包,把史云帆送到学校。傍晚,再背上那只书包,把史云帆接回家里。史云帆就读的小学是史千秋的学校,她其实完全可以让史千秋接送的。可她偏要亲自负责。

而等史云帆上启航中学,她再没了接送的权利。史云帆长到了一米七,加之他们家离启航中学不远,这要求实属正常。可史云帆不是普通孩子。史云帆独自上学的第一天，应悦坐也不是，站也不是。等史云帆走到楼底下，她又打开门，偷偷跟上去。眼见他踏进校门，她终于松一口气，再转去附近一条小路等上一个多钟头。

小路和启航中学的操场间隔着一道围栏。学生们出来了，她趴在围栏上在人群中仔细地辨认着。这个不是，那个不像。启航中学总共有三十四个班，想要在三十四个班的学生中认出史云帆虽不至于像海里捞针，但也够困难的了。有次，她好容易认出谭老师，她前后左右看了又看，也没看到史云帆。史云帆不能上体育课，出操倒还能参加。你就当晒晒太阳补补钙，她对史云帆说。但如今看来，他是连太阳也懒得晒。

诡异的是，就是这样，史云帆还是知道了。一周后，史云帆把书包往沙发上一扔，气呼呼地问，你在监视我？监视？我怎么会监视你呢？她极力否认。那操场外边的那个人是谁？奇怪，他是怎么知道的？她站的位置那么偏，他不可能越过操场再找到她。但史云帆却甩下一句，再被我发现一次，我就不去上学了。

无法。为了防止意外，她只好给史云帆配备一只手机。有了手机后，史云帆把所有的精力都花在手机上，吃饭看，躺着看，就连语文课上也看。谭老师打电话过来，气得史千秋把手机没收了。但没过几天，那手机又重新出现在史云帆手上。

2

每隔一阵，史千秋家便会上演如下对话：作业呢？做完了。做完了？那你拿来给我看看。放学校了。我看你是没做吧。史千秋还想说下去，另一个声音掺进来了，孩子都说做完了，你就不能相信他？我检查检查怎么了，再说，就算做完，也可以看看书吧。你看看他，什么也不干，就知道看手机。他身体不好，你不知道啊，他都读了一天的书，也够辛苦了，让他看会又怎么样？

而随着史云帆回家时间的推迟，对话则变成这样：同学家？哪个同学家？都说是同学了，说了你也不认识。他还来不及问下去，又被另一个声音打断了，你这样逼他干什么？我哪里逼他？上次他说作业做完了，可结果呢，还不是抄同学的。要不是谭老师打电话来……好了好了。孩子总有错的时候，你老是揪着不放算什么意思？

在和应悦吵架这件事上，史千秋似乎从来都以失败告终。其实也不是他非要揪着史云帆不放，两年前，民办初中摇号结果公布，史云帆没摇上，应悦想方设法给史云帆弄到启航中学面试的资格，面试后便没了消息。本来嘛，启航中学是市里数一数二的民办中学，靠面试进去的都是一等一的尖子生。史云帆成绩一般，被刷下来实属正常。

史千秋是反对史云帆进启航中学的。启航中学抓得紧，压力大，以史云帆的身体，十有八九不能适应。但应悦说，进了启航中学就等于有了好老师，好同学，好的学习氛围。正因为史云帆情况特殊，才更要进去。史千秋厚着脸皮托了好几道关系才把史云帆弄进启航中学，可进去后，史云帆又不好好学习。

牛肉面的香气四溢开来。史千秋耸耸鼻子，他本来想和史云帆好好谈谈他回来太晚的问题，但他实在太累了。今天的饭局要不是樊国强说有要事商量，请他务必参加，他怎么都不会答应。

史千秋的左边坐着樊国强，右边是格致小学的副校长盛茂鑫。两人过去分别是余杭两所小学的副校长，又一起来杭州闯荡。不过，自从史千秋不当教导主任后两人的联系便少了。樊国强边上是教导主任方春霞，再过去是个小眼睛的女人，此人是采菱街道的党工委副书记叶岚，不过当时他并不知道。他也不知道作为华欣小学的共建单位，采菱街道给了华欣小学一笔款项。此次饭局意在用这笔款项成立一个名师工作室，由史千秋牵头，引领学校的师资队伍建设。

不消说，饭局随着成立名师工作室进入到了高潮，只有史千秋面露难色。樊校，学校的任务我一定尽力完成，但成立工作室就算了。樊国强刚调来华欣小学时还和史千秋提过一次名师工作室。正所谓"新官上任三把火"，樊国强想要点好第一把教学质量的"火"，因此想到了史千秋。但樊国强的话后来也没兑现，这倒不是他故意放史千秋鸽子。

话说华欣小学从一所默默无闻的小学成为市里的热门名校全靠前校长梁纪英。梁纪英年纪大了，好在华欣小学是国有民办学校，并不影响她继续留任。可就在梁纪英退休前一年，上头下了一纸文件，要求国有民办学校实施体制调整，要么转为公办，要么彻底转为民办。事关编制，再加上梁纪英的铁腕作风——转成民办后，势必采取高压政策，自然引发大家的恐慌。但恐慌归恐慌，谁也不敢说什么，还是史千秋带头说要选公办。离梁纪英退休还有一年，史千秋的处境可想而知。梁纪英退休后，被聘为华欣小学的名誉校长。樊国强要是给史千秋成立工作室，就等于公然和梁纪英作对。权衡再三，到底没再提。

老史，樊国强举起酒杯，这工作室按说早该成立的，可惜条件一直不成熟。你不会是因此而怪我吧？

哪里！史千秋站起来了，多谢樊校的美意，但这事我真不能胜任。

3

于波走进办公室时，史千秋正在改作文。师傅，工作室的事我听说了。

史千秋把笔停在本子上，哦，看来消息传得还挺快。

可是师傅，我不懂。

作文本上有个错字，他在错字上画了个圈。这没什么，我不做，总会有人会做。

可是……有人从外面进来了，于波只好瘪下嘴，轻声道，师傅，你再考虑考虑？

九年前，杭师大来了一批实习生。史千秋的三个实习生里，其中一个就是于波。教语文的男老师本来就少，何况于波又出挑，带班上课、批改作业，各方面老道得就跟有好几年教龄似的。

实习结束前，史千秋请他们去家里吃饭。席间，两个女生一直叽叽喳喳，只有于波一言不发。你呢？有什么打算？

史千秋问。我？于波捏了下手里的空可乐罐，还没想好。不想当老师？也不是，当老师好是好，就是工资太低了，我又是外地的，挣的那点钱还不够付房租、水电费。

那就不做吧，你还年轻，想闯就去闯一闯。他是真心喜欢这个男孩，希望他有更好的出路。嗯，于波把那个可乐罐捏扁了。第二天，他就回杭师大去了。之后的半年，史千秋没再听到他的消息。所以那天，当他开了门，史千秋不禁又惊又喜——于波！

于波比之前瘦了些。师傅，我报考你们学校，已经通过了面试。哦——他呆了下，好呀，那今后我们就是同事了。不，您永远都是我的老师。别老师不老师的，赶紧进来吃饭。饭我就不吃了，我就是来谢谢您的，这是我家乡的特产大核桃，给您和师母尝尝鲜。他这才注意到于波手上拎着塑料袋。准确地说，应该是两只，一只套在另一只的里面。

谁啊？应悦听到响动，走过来了。是小于，史千秋说，他考上我们学校了。太好了，得好好庆祝下。师母，我就是来看看你们。于波把塑料袋搁在门口的地板上，掉头要走。都这么晚了，一起吃点吧。真不了，师母，我还有事。你再这样，我生气了啊。史千秋半开玩笑地板起脸来。师傅，我真不吃了，我……我女朋友还在下面呢。啊？你叫人家女孩子一个人在楼下等着？我是想看看你们就走。这怎么行，还杵在那里干嘛，快带她上来啊。

五分钟后，于波领着一个女孩上来了。女孩很白，穿一件娃娃领的白色连衣裙。楚楚，我同学。史老师好，师母好。楚楚笑了，她笑的时候嘴型很饱满，嘴角有颗淡淡的痣。

应悦进厨房做菜了。卤鸭、清蒸鲈鱼、肉末茄子、黄瓜炒蛋、土豆排骨汤还有一小碟花生米陆续被端上餐桌。史千秋从柜子里拿出一壶黄酒，给自己和于波倒上。

这是于波头一回喝黄酒，在于波的老家山东，人们喝的最多的是白酒，再不就是啤酒。他呷了一口，黄酒的味道温婉而绵柔，像极了江南的女人。两人边喝边聊，史千秋讲他最早在一所村小教书，后来又调去余杭县，那时，余杭还没有撤县变区。他还讲他两个学生赶来余杭看他，那是他的第一届学生，他们是辗转坐车找到他的。

正聊到兴头上，忽听得一声，看我的厉害。原来史云帆不知什么时候从饭桌上爬下来，他手里拿着一辆警车，每按一下车灯，便响起一阵长长的警笛声。帆帆，快吃饭，等吃好饭，给叔叔阿姨表演一段小提琴。我还想玩会警车嘛。史云帆不大情愿。好，等你吃完饭，拉好小提琴，妈妈答应让你玩十分钟。耶！耶！史云帆的嘴张大了，边叫边跳了起来。

应悦和楚楚笑了,史千秋和于波也笑。

那天晚上便有股岁月静好的意味了。半年后,于波才晓得那天晚上一点也不"静好"。那时,华欣小学转民转公没个着落,人人都像踩在空心棉花上,而自从史千秋提出选择公办后,梁纪英便再也没给他好脸色。他被彻底架空,甚至都不知道于波来学校应聘。

4

在华欣小学转制前,史千秋的人生可以用顺遂来形容。师专毕业后,他被分配回村小,三年后调去余杭一所小学,一路做到副校长。不出意外,再等上几年,他便会顺利升到正职。但史云帆不能等,史云帆马上就要上幼儿园,接着是小学、初中、高中、大学。照应悦的说法,这里头的每一步看似无关,实际上却环环相扣。你只有上了名牌幼儿园,才有机会上名牌小学,继而进到重点初中、重点高中、985或者211。尽管多年前余杭撤县为区,划给了杭州,但毕竟比不得杭州主城区。除非上头有人事调动,把史千秋调去主城区,可这种可能性又实在微乎其微。

在应悦的鼓动下,史千秋夫妇一起辞了职,又分别进了两所小学。刚来华欣小学那会，什么都得从头干起，但史千秋心里是笃定的。果真，仅仅用了四年，他便凭自己的专业素养和不懈努力升到教导处主任。但华欣小学转制不同，带头选择公办的第二天，梁纪英对他打击报复。处处刁难也就罢了，她甚至还在中层会议上公然讽刺他。可他能怎么办？唯有忍受罢了。

不久，史云帆得病。心力交瘁之余，梁纪英却仍步步紧逼。他只觉脑袋一热，从嘴里蹦出那句话。梁纪英后来倒是来他家慰问过一次，婉转地表示自己并不知情，那当然是后话了。但说出去的话，泼出去的水，再也收不回了。他也问过自己是否真的在意那个职位？答案是肯定的，但又不仅仅因为那个职位。那感觉，更像是把他和过去的奋斗、勤勉还有骄傲拦腰切断……

水槽里堆着碗，应悦不在客厅，史云帆不回来吃晚饭后，应悦便不再做晚饭。他蹲下身子，去米桶里盛了两杯米。他脑子里忽地冒出个念头，要是他告诉她名师工作室的事，会是怎样？但这个念头很快被打消了。

史云帆休学后半年，史千秋母亲离世，应悦的父母过来帮忙照应。一年多后，史云帆身体好转，医生表示他可以重新上学。应悦就是这时候提出辞职的，她父母劝她，她也不听，只说这样可以专心照顾史云帆。

帆帆，想吃什么？妈妈给你做。帆帆，今天感觉怎么样？开不开心？在史云帆面前，应悦永远灿烂、温柔，但只要史云帆一睡下，应悦的笑容便不见了。她不看电视，也不刷手机，常常独自一人坐着，一坐就是一个钟头。

有天，他好心劝她不要老坐在那里，不想她却激动起来。史千秋！应悦仍旧坐在床上，我也想像你开开心心，轻轻松松。我也想像什么事都没发生过。但我是他母亲，是怀胎十月辛辛苦苦才把他生下来的。我不像你，可以这样冷血！

冷血？她竟然认为他冷血。史云帆得病后，他不知做了多少回噩梦。好几回，他都梦到史云帆要走，他唯有死命拉住他，不让他离开。醒来后，他浑身冰冷，两只手抖个不停。可是日子总得过下去，一味沉溺于苦痛之中非但于事无补，还会使事情变得更糟。他强迫自己保持理智，强迫自己好好吃饭、睡觉，担负起这个家的责任，可到头来，她竟然认为他是冷血。

5

史千秋是在主持"喜迎国庆"的活动上认识应悦的。这个比他低一届的女生穿一件大红色的毛衣，扎一根高高的马尾辫,眼睛里散发着一股特有的生气。他呢,穿一套黑色的西装,那西装很大,套着他那瘦削的身体,活像个塑料人。

你的衣服也太大了吧!她笑得脆生生的。借的,我没有西装。曾经他的西装都是借的,并未觉得有何不妥。哦,她漫不经心地答着,下一次活动却带来一件簇新的黑色西装。她把西装递给他,我哥的,他平时不穿,放着也是放着。这……不太好意思吧。有什么不好意思的,我们是搭档。也是。他接过,套上,发现这西装还挺合身。

他们之后还一起主持过很多活动,不过两人的关系仅此而已。应悦比他小一届,功课好,家境又优越。她父母是县医院的医生。他呢,虽然来自农村,但从小到大都是出了名的好学生。念师专后,他更是参加各类比赛,主持活动,算得上学校的风云人物。

毕业后,他被分配回了村小。那所村小也就是他小时候念书的地方。两间不大的平房分别做了低年级和高年级的教室,没有办公室。他和另一个姓章的老师一人负责教一个班,下了课就待在自己的教室。如此过了两年,他去县里办事,正巧碰到应悦,这次巧遇可谓改变了两人的命运。两人开始通信并确定恋爱关系。信里,应悦交代自己老早就喜欢他了,当初借给他的那件西装也不是她哥的,是她照着他的样子买的。

一年后,两人结婚,他被调去县里,是他岳父帮忙打点的关系。消息传来的那几天,家里的门都快被踏破了。多年来,能走出冷水村的掰着手指头都数得过来,他理所当然成了乡亲们艳羡的对象。只有史千秋母亲不若想象中的高兴。

离开前,母亲把家里仅有的一只鸡宰了,又带着他去了一趟祖坟,有两个坟头,破的那个是他祖父的。母亲把鸡供在祖父和父亲的坟头上,说,好好给你爷爷和你爸磕个头吧。

6

于波也许忘了,他曾听过史千秋的一节课。和其他史千秋的课一样,这节课大气、生动,但课上到一半,出了岔子。一颗玻璃弹砸到一个女孩的眼睛,女孩哇的一声叫了出来。亏得没砸到眼球,但女孩的下眼睑被砸中了,肿得厉害。砸她的是班里出了名的小霸王,平时上课不听,作业不做,唯一的爱好就是打人。比他小的要打,比他壮的也要打,不小心惹到他的要打,和他毫无关系的,他还是要打。

教室顿时乱成了一锅粥,于波赶紧陪女孩去校医务室。回来时,却意外看到一幕:史千秋的一只手扯着小霸王的衣领，另一只手则高举过头顶。差一点，那只手就要落下去了。师傅。于波跑上去，史千秋把手捏成一个空心圆，收回来了，脸上的表情难以形容。之前，史云帆出院没多久，于波和另外几个老师一起去史千秋家时，他也是这种表情。

史云帆正在睡觉。他们坐在那间小小的客厅里，彼此都很局促。该说的话早已说完。帆帆怎么样？再就是，抢救过来就好。讲完后，他们集体陷入沉默，仿佛除了这两句，再也找不出其他的话来安慰。

应悦从房间里出来了，先前，史千秋跟他们说应悦身体不舒服，在房里休息。应悦穿着双拖鞋，走进厕所，关上门。经过客厅时，她甚至都没和他们打一声招呼。史千秋的表情说不出的难过，其他人肯定也看到了。有人起身告辞，于波跟着他们。才关上门，便听到门内传来的摔门声。叫他们来！叫他们再来！于波和同事们在那阵骂声中面面相觑，仓皇跑下楼梯。跑出很远，他仿佛还能听到那阵骂声。

偶尔，他也会想起自己头一次见到应悦的样子。应悦笑吟吟地给他们开门，去厨房做菜。应悦的动作称得上麻利，加上她时不时地问他们，在杭州生活的怎么样？适不适应？整个儿给他一种热气腾腾的印象。他实在难以相信，她会变成这样。

他更不知道，自从他当上教导处助理后，应悦便越发讨厌他了。有天，史千秋正吃着饭，应悦忽然没头没脑地来了句，于波是教导处助理吧？搞不好再过几年就当校长了。想当初，他跟在你后面师傅长师傅短的，要不是你傻，他怎么会爬到你头上？

荒谬！实在是荒谬！一则，学校转民转公那会，于波早回大学去了。他辞掉教导处主任一事，更是和于波无关。二则，于波来华欣小学后就一直跟着他，以于波的资质和干劲，早该上去了。他一度还以为是自己影响了他的前程，偏这孩子也不避嫌，照样师傅长师傅短的。感动之余，他是打心眼里替他高兴。

人家凭的是真本事！史千秋觉得有必要替于波说句公道话。是，应悦的声音变得尖利了，人家有本事，就你没本事。都被人骑到头上去了，还傻乎乎替别人说话。

7

明德楼高四层，外边贴着灰色的瓷砖。瓷砖上，一条条爬山虎错乱地攀岩，看上去就像人体的经络。

这阵子，史云帆回来得越来越晚。从最开始的二十点、二十点半、二十一点,到昨天的二十二点。你回来得也太晚了吧,都几点了,他尽量心平气和。史云帆走进房间,一屁股坐在床上,我在复习。复习?那你倒说说你复习了什么?说了你也不懂。我怎么不懂?就是不懂。你不说怎么知道我不懂?史云帆不响了,过了会儿,他昂起头来说,我就知道会这样,我不写作业,你要说;我出去复习,你还是要说。

我是关心你。关心?呵,我看你根本是看我不顺眼。我怎么可能看你不顺眼?史千秋还想讲下去,应悦过来了。你看看你,孩子一回来就吵架,就不能让孩子安静会儿?帆帆,她又转头对史云帆说,妈妈烧了鸡汁小馄饨,拿进来给你好不好?我不饿,我想睡觉。吃点吧,吃一口也行,你现在是长身体的时候,妈妈都不晓得你晚上吃了什么。你烦不烦啊!我说了不饿,我要睡觉。好好好,那你先睡,妈妈不吵你。临出去前,她瞪了一眼史千秋,意思是,孩子都不吃馄饨了,这下你满意了?

满意?他有什么可满意的。应悦好像忘了,史云帆也是他的孩子,是他血浓于水的亲人。他比任何人都希望他好,可就因为他是父亲,他才清楚这样下去指不定什么时候出乱子。

真是怕什么来什么。下午,他正在办公室批作业,便接到谭老师的电话。帆帆爸爸，待会你能来学校一趟吗？挂了电话，他请好假，匆忙往启航中学赶。明德楼一楼的楼梯口摆着面镜子，上面写着："母校留念。2013届毕业生赠。"他向来没有照镜子的习惯，走过去时却恰好瞥见自己。镜中的他身形瘦削，两鬓的头发白了大半。他在镜子前拢了拢鬓角的头发，朝楼上走去。

这是史千秋第三次来启航中学了。第一次来是因为史云帆抄同学作业。按说史云帆的事全由应悦说了算，这事根本轮不到他管，但应悦和谭老师在处理上闹了意见，谭老师要史云帆写一篇检查，反思自己的问题，但应悦认为史云帆已经知道错了，没必要这样。

我以前也是做老师的，知道孩子最需要的是什么。不错，这件事帆帆是错了，但正像孔子提倡的"因材施教"，对于帆帆这样的孩子，老师应该给予更多的关爱，而不是一味地苛责。帆帆妈妈，帆帆的情况我了解。该表扬的我自然会表扬，可该批评的时候也要批评。更何况，孩子正处于成长的关键期，要是不处理好，很可能会影响他的人生观、价值观。我就是怕你影响他的人生观、价值观。谭老师的话越加引起应悦的反感，你们老师是否也该反思下自己的行为？譬如是否是讲课内容太过枯燥，提不起学生的兴趣，所以才会导致学生抄作业？

不用说，两人闹得不欢而散。史千秋知道这事已经是当天晚上了，第二天一早，他便赶去跟谭老师道歉。谭老师，真不好意思，给您添麻烦了。这样吧，以后帆帆的事您都找我，至于他妈妈，您不用理她。

谭老师不知道，为了这事，应悦和史千秋吵了一晚。她骂谭老师不关心史云帆，又骂史千秋胳膊肘往外拐，净帮着外人说话，说着说着，竟说要找校长换老师。要不是史千秋最后丢出那句话，应悦也许真的去了。史千秋说的是，你要搞得所有人不得安生你就去。别忘了，帆帆是怎么进启航中学的。

史千秋第二次去启航中学是两个月以后。谭老师打电话来，说史云帆打了隔壁班一个同学，把人家都打出鼻血了。史千秋急匆匆赶去启航中学，被打的同学已经被送去医务室了，史云帆站在谭老师的办公桌前。我没错，史云帆正值变声期，喉咙里像是压着什么东西。你打人怎么还说自己没错呢？我没错，是他先嘲笑我的。可我刚刚问过他了，他根本没有嘲笑你，他只是看了你一眼。他撒谎！他就是在嘲笑我。好吧，谭老师叹了一口气，就算他真的嘲笑你，你就能打他了？史云帆把头一歪，不再回答。

帆帆爸爸，你都看到了。等史云帆回了教室，谭老师对史千秋说。刚刚这种情况不是第一次了。怎么说呢，他总觉得别人看不起他。情况我都调查过了，除了其中一次确实是，我已批评教育过那孩子。其余的，我以我的名义向你担保，真的没有。

谭老师的话叫史千秋担忧起来。帆帆在班里有朋友吗？谭老师摇摇头。其实，帆帆真想交朋友是没问题的，可好多次，大伙儿明明处得好好的，他突然就发起脾气，飙脏话或者打人。和他理论，他只说自己没错，错的是别人。

8

走廊里空无一人，学生们全下楼参加体育锻炼去了。刚刚谭老师在电话里没有说明什么事，会是什么事呢？他在办公室门口定了定神，推门进去。

办公室里已经有三个人了，谭老师的办公桌前站着两个女生，均穿着校服，其中的一个比史云帆还高出半个头。他又环视了一圈，确定史云帆不在。

你们先回去吧。谭老师站起来了。两个女生对视一眼，出去了。谭老师从边上拉过一张椅子，示意他坐下。他的一只手扶着椅背，霎那间，他觉得自己即将接受一场审判。

帆帆爸爸，谭老师正了正音，帆帆之前的情况，我们电话里都联系过，我就不重复了，最近这段时间，他表现得比较稳定，我也很替他开心。但就在今天，班里两个女生告诉我，他放学后一直跟踪她们。跟踪？对，跟踪。

昨晚，从史云帆房间出来，他和应悦提议下个月别再给史云帆零花钱。应悦辞职后，家里的开销便都归了史千秋。每年，应悦父母会给她一笔钱。应悦平常不买衣服、包包和化妆品，这笔钱便主要归史云帆使用。他每天这么晚回来，你难道不担心吗？担心？我怎么不担心？可我更希望他开心。你那不是让他开心，是在惯他。我惯他？史千秋，那你呢？你对他的方式就正确了？还不是每次一开口就吵架。好，你就惯他吧，到时候看他怎么折腾。他这么说着，没想到竟一语成谶。

他从纷乱的思绪中退回来。这两个孩子的家在哪？濮家新村。从方向上来说，和你家正好相反。她们还试着换过几次路线，但结果，他仍是跟着她们。他跟她们干什么呢？这也是我困惑的地方。谭老师继续道，他既不跟她们讲话，也没有其他举动，只是远远地跟着。每次，当她们快到家时——哦，她们是同一个小区的——他就不见了。本来，她们都不当回事了，但昨晚，其中一个女孩吃完饭，拉窗帘时突然看到了他。他就在她房间底下，半蹲在那里，也不知道在干什么。

会不会是……他对那女孩……有好感？他沉思了会儿，问。这点我也想到了，但问他，只说路是大家的，他想要往哪走，谁也管不着。

初二（5）班就在教师办公室隔壁，两个女孩不在，史云帆一个人斜趴在座位上。他竭力压住怒火，走过去，推了下他。谭老师都告诉我了。史云帆抬了下头，又把头放下了。对于父亲的到来，他既无惊讶也无半点害怕，仿佛他只是一只惊扰他的苍蝇。

说吧，为什么跟着人家？没为什么？没为什么？你这么做总有个理由吧。没理由。没理由你干嘛要跟她们？我乐意。你乐意？别人还不乐意呢。别人关我屁事。史云帆！他原来以为只要应悦在，他就没办法给史云帆做规矩，但现在，他明白了，没有应悦，他依旧做不了什么。他们之间就像是两块没了骨膜的骨头，一碰就生疼。

楼道里传来学生的嬉笑、打闹声，接着是放学铃声。史云帆，你就不能让人省点心？史云帆盯了他一会儿，好，我早知道你嫌我麻烦了。

9

《蓝色多瑙河》响了起来，刚刚他给应悦打电话，应悦没接。他只好发微信，告诉她史云帆出了点事，他在启航中学。果然，应悦打电话过来了，帆帆怎么了？应悦的口气若埋了炸药。他干咳一声，等我回来再说，你看下帆帆回来没有。他不是和你一起吗？是，不过刚刚跑了。跑了？你怎么能让他跑呢？

是啊，他怎么能让他跑呢？事情发生得太快。他完全没料到史云帆会突然站起来，冲出教室。等他再追上去，已经来不及了。乌压压的人群从楼底涌上来。他好容易挤到楼下，史云帆早没了影儿。校门外，许多家长翘首站着。他又在门口张望了一圈，仍是没看到他。

说不定等会他就回家了。说不定？史千秋，帆帆再怎么也是你儿子。他是个病人啊……挂了电话，他才发现额头上淌了一行汗。平日里，任凭应悦怎么冷嘲热讽，他都挺过来了，可每每她开了哭腔，他便无力招架。他把电动车推到马路上。往左走五百米是条大马路，再往前一直走便能到家。但他把车把手往右一转，跨了上去。

电动车开动起来，风吹着他的脑袋，使他多少冷静了些。不是他不担心史云帆，但仅凭一点，他就料定他会回家。史云帆这个月的钱快花完了，没有应悦的供给，他根本做不了什么。他不再去想，任由电瓶车漫无目的地开动着。等回过神，他已然到了贴沙河边。

贴沙河内原先有很多黄沙，经过这几年的整治，河水不再发黄，泛出一种青蓝色。河边种了一排柳树，那柳树多是斜伸开去，垂下的柳枝便趁势伸入水中。河对岸有一条铁路，一道铁丝网将河与铁路隔开了。

刚来杭城那会，史千秋一家三口常常到这里来。应悦喜欢贴沙河边的风景。史云帆呢，喜欢这儿的火车，只要火车一来，他便又是拍手又是嚷嚷。等火车开过去好久，他还眼巴巴瞅着，呜呜——呜呜——

不过，等史云帆的各类培训班提上日程，他们就很少来这边了。逻辑思维能开发智力；跆拳道可以培养男子汉气概；小提琴比钢琴好，优雅又不至于烂大街；还有识字、数数、背唐诗……史云帆的每一天都被安排得满满当当，美其名曰赢在起跑线上。

他把车速放慢，希望能看到一列火车，但没有。口袋里再次响起了《蓝色多瑙河》。他刹住车，听到应悦问，你在哪？应悦问得很急，他能听到电话那头抽抽搭搭的哭声。

帆帆到现在都没回来，万一他出了事……你叫我怎么办啊……

10

史云帆出院后发过一次病。事发突然，尽管他们早有心理准备，医生告诉过他们这是后遗症，但真看到还是惊吓不小。史云帆浑身抽搐着，从他的嘴角斜流出许多白沫。应悦先是尖叫一声，继而背了过去。

挂掉电话，史千秋头一个反应便是回家。他掉转头，正要加速，听到有人叫道，史老师。他转过头，看到一个女人，开着辆宝马X5，戴一副墨镜。他一下想不起来她是谁。真是巧了，史老师，没想到在这儿碰到你。女人把墨镜摘下，露出一对吊起的小眼睛。这下，他想起来了，他在饭局上见过她的。

前面的红灯显示还剩十秒钟，叶岚把墨镜重新戴上。史老师，我先走了，下次有机会再聊。对了，她都已经把车窗关上了，又重新开了一半。之前我就想谢你和盛校了。我那个外甥特别难教，亏得有于老师，不愧是名师出高徒啊。

叶岚的车发动起来。他边骑电动车边琢磨她那两句话。

这么说，于波做了她外甥的家教？谢盛茂鑫又是什么意思？难不成是盛茂鑫帮忙牵的线？这不是害人嘛。

于波的情况史千秋是知道的。之前，他和楚楚打算结婚，双方父母都见了，但楚楚妈硬是不同意。我辛辛苦苦把女儿养大，总不能叫她嫁一个连房子都买不起的人吧。我要求也不高，有九十方左右的房子就成。楚楚妈的话乍听之下很有道理，可以杭城现有的房价，普通的工薪阶层又哪里买得起？于波的父母都是农民，手头仅有一点可怜的存款。这事便耽搁了下来。他后来倒是听说过于波要买房，那房子的价格压得很低，但没多久又黄了。

电瓶车驶入小区，他把车停好，趁爬楼梯的空档拨通盛茂鑫的电话。老史，我正要找你。啊？盛茂鑫的话却叫他摸不着头脑。哎，跟你直说了吧，老包死了。

老包死了？他眼前闪过一片黑，老包怎么会死的？前几天的事了。盛茂鑫长出一口气，你也知道的，老包这人闲不住。上个月他才从湖南回来，这个月又去江西。结果，还没到那边的学校，车子连人被撞了个稀巴烂。哎……你说我们那次，路多陡，多绕，不也没事？这回，他好好地开在平地上，怎么就死了？

11

老包长着张国字脸，人特敦实。头一次见他，史千秋莫名想起赵本山那句有名的台词：脑袋大，脖子粗，不是大款就是伙夫。老包当然不是大款和伙夫，他是萧山某小学的数学教师。那年，市教育局选派教师去黔西南州支教，他、老包、盛茂鑫和另外三个女老师被分为一组，坐火车直奔贵阳。

这次支教原本在史千秋计划之内。半年前，他被区里推荐并最终确定为支教人员，可偏偏在支教前，华欣小学改制，他成了梁纪英的眼中钉，肉中刺。他虽不想参加，却被告知名单已经报到市里。

六人上了卧铺车厢，三个女老师很快聊起天来。一个女老师提议打牌。史千秋摆摆手，在过道旁的椅子上坐下。车窗外，一片片田野正飞快地掠过。他无心再看，从包里拿出一本书，翻阅起来，也不知看了多久，忽听得对面上铺传来一阵翻动。

史千秋往上铺瞟了眼，这家伙自上车后，便爬到上铺睡觉去了。此刻，他伸了个懒腰，因在上铺，只伸了半个，随后掀开被子便往下爬。哈，打牌也不叫我。说话间，他的一双腿盘在床铺上。想到要和这样的人共处两个月，史千秋不由地眉头一紧。

火车经过两天一夜总算到了贵阳，六人改乘一辆中巴，中巴是贞丰县教育局派来的。上车前，这家伙突然鬼头鬼脑地叫大家等他一会，就在大伙以为他有什么急事的时候，他拎着一袋包子上车了。吃吗？这包子馅儿特足。史千秋他们在火车上已吃过盒饭，都说不要。他也不恼，一个人三下五除二便吃掉三个。

中巴开出贵阳市区，朝着贞丰县驶去。很快，史千秋就明白自己的选择是对的。在不断盘旋的公路上，别说是包子，就连先前盒饭里的肉都混合着别的味道不断从胃里泛上来。他觉得有些头晕，再看其他人也好不到哪里去。盛茂鑫和女老师们个个苦着张脸，只有老包一副悠哉悠哉的样子。过了会儿，竟然还打起了盹来。

这段车程自是苦不堪言。等到达贞丰县已是凌晨一点，司机把车停在一家招待所门口，说第二天局里会有人来。他和其他人道了别，匆匆洗漱睡下。第二天清早，他强打着精神起来，出门时却碰见了老包。老包换了身衣裳，看上去精神头十足。还没吃早饭吧？他说着指指对面。那家店，你一定要去尝尝，里面做的抄手，味道那个正啊。他敷衍了声，好。到底没去。

曼珠沙华

直到中午他才知道老包是第二次来这里支教了。给他们接风的是贞丰县教育局副局长，一见老包便来了个熊抱。包老师，可把你盼来了。上回我去大坪小学，孩子们还惦记你呢。这不，我又回来了。老包说完，嘿嘿嘿地笑了起来。他听着他的笑声，觉得自己或许小瞧了他。

12

挽澜乡大坪小学建在海拔1600米左右的半山上，这座山叫龙头山，地下埋藏着黔西南州重要的GDP来源——煤矿。清晨，雾气还未散去，风吹着山石和绿草给人一种前所未有的美感。这种美感绝非某个大众旅游景点所能比拟，它朴素、未经雕饰，又美得惊心动魄。

车子一路颠簸近一个钟头，到山脚下，眼前出现一排平房。平房被分割成土黄、灰色两种颜色。爬到半山坡，他才发现那其实是两间房，右边的白色墙体剥落后形成了斑驳的灰，两间房中央竖着根旗杆，一面五星红旗在旗杆上飘动着。他看着这两间房，又回头看了眼来时的路，清楚此行的目的地终于到了。

来贵州前，他不止一次想象过这里的情形，破旧的教室，简陋的设备，可真的到了这，他还是受了震动。窗户是多年前的那种样式，一眼便能看到生锈的铁栏杆。墙壁很脏，上面贴着东一块西一块的彩旗。好多张课桌缺了脚，只有讲台勉强还新一些，上边摆着两串白的千纸鹤。老包用下巴点点千纸鹤，又点点墙壁上的彩旗，道，都是孩子们准备的。孩子们围过来了，将他和老包围成一圈。

要上的课是《白鹅》，这节课史千秋曾在市里展示过。为了适应这里的学情，他把教案一改再改，大大降低难度，可这样仍旧上不下去。学生的基础太差，光是读通课文就花了好长时间。一堂课下来，他只觉挫败。然而老包却说，这有什么？你没见到他们去年的样子，他们是真不容易啊。

他这才晓得老包去年来这就做了一件事：提高孩子们的专注力。也就是那时，他开始问自己，两个月的时间，究竟能给他们带来什么？是让他们多掌握几个知识点？还是做一件真正能影响他们一年、两年甚至一生的事情？他开始不再焦躁，转而去适应这里的生活。上课、分饭、带孩子们活动。每天，日出而作，日落而息，日子过得简单而充实。

来大坪小学的第三周，学生们全放学回家了。他坐在教室里准备下周要用的道具。那是条颐和园的路线图，因为没有投影，只好采用画画的方式。刚画到万寿山山脚，门外传来老包的声音。

老史，你看谁来了。他一看，原来是盛茂鑫。盛茂鑫拎着两瓶白酒和一大袋鸭脖。明天周末，咱兄弟仨喝一个。之前，他们六人被分成两队，盛茂鑫和另外三个女老师被派去另一所学校。想到盛茂鑫一路风尘仆仆地赶来，他不禁心头一热。

三人就着鸭脖喝酒，很快喝高了。盛茂鑫忽地把一只手搭在他的肩上，老史啊，不瞒你说，当初我们一起来杭州闯荡，你到华欣小学，我去的是格致小学，在区里还好，可一到市里，那滋味真不好受啊。史千秋这才知道，前阵子，盛茂鑫去参加市里的一个活动，可那些名校的校长都没正眼瞧他一眼。

盛茂鑫显然不知道史千秋被梁纪英排挤的事。他喝醉了，一直翻来覆去地讲述着他的被羞辱史。史千秋也喝多了，但还尚存一丝理智，他没法叫盛茂鑫闭嘴，只能任由痛苦一点点地漫上来。

老盛。坐在对面的老包开口了，别扯那些没用的。我这个人，最讨厌把老师和什么狗屁头衔放一起。做老师就是老师，管你是校长还是主任，最重要的永远是学生。

老包，你这样讲过分了啊。盛茂鑫的脖子以上全红了，他拍着胸脯，喊道，难道我盛茂鑫不重视学生？要是不重视，我会跑到这种鸟不拉屎的地方来帮他们？那你倒说说看，你刚刚讲的那些和学生有什么关系？还有，你也别因为来这里就说自己是在帮他们。说到底，谁帮谁，还不一定呢。

盛茂鑫被呛得说不出话来，当天晚上就赶回去了。他心里敬重老包，但等回到杭州后，还是和他不可避免地疏远了。有天，老包吆喝着他们三个再聚一下。史云帆那时病情已经稳定，可他哪有心情？他心想总有机会再见的，没想到竟成了永别。

13

第二天，史千秋特意早出门二十分钟。他原本打算和于波好好谈谈，但等到学校才发现于波要值周。师傅，等我巡视完就来找你。好。他应了声，随即意识到自己可能再也说不出口了。

果然，等于波来了，他也没提那件事。本来嘛，个别教师在做家教的同时对本职工作随便、淡漠，违背了人民教师的道德底线。但于波在校的勤奋、认真是大家有目共睹的。更何况，他又不是不知道他的难处。偏偏这孩子什么都没跟他说，他是自己硬扛着也不想让他知道。他要是说出来好比是把一块冰直接暴露在太阳底下，他不确定究竟正不正确。这么犹豫着，直到放学，他也没跟于波提起。于波第二天还要参加外校培训，先走了。他有些出神，好容易回过神来，收拾东西下楼，却在校门口看到了江杰。

江杰蹲在传达室门口，一对眼睛直盯着手上的黑色手表。自上四年级以来，班里绝大多数孩子便自己回家。江杰的家就在附近，但江心渝坚持每天来接送。你妈呢？还没来接你？史千秋走过去问。他的提问当然没能得到回答。江杰动也没动，一对眼睛仍盯着那块表。

入学前，史千秋照例去江杰家家访。和大多数孩子见到他的兴奋不同，江杰没有表现出丁点儿的激动。更准确地说，江杰根本没有睬他。江杰手里拿着一只闹钟。闹钟的款式很老，外表是金色铜面的，底下还有两只同样金色的钟脚。

杰杰，老师来了。江心渝叫了江杰一声。江杰没有响。真不好意思，史老师。他胆子小，等熟了就好了。他喜欢钟表？史千秋观察了一会问。嗯，我们杰杰很乖的，只要给他一只闹钟，他就能看很久。噢，史千秋心里打了个疙瘩，他还喜欢什么？画画，他喜欢画画。江心渝说着从写字桌的抽屉里找出了一张画。史千秋看到了一个小丑。小丑的头发是彩色的，戴一顶三角尖帽，嘴角半歪着，让人一看就联想到

《蝙蝠侠：黑暗骑士》里的希斯·莱杰。

等江杰念完了一学期，他也没有像他母亲说的"等熟了就好了"。上课时，他从不举手；下课了，他也不找别的孩子交流、玩耍。史千秋曾试着鼓励他回答问题，但终究是白费力气。江杰的嘴巴就像是被封住了，从他嘴里根本撬不出东西来。不过，他也不是一点都不讲。有时，史千秋会看到他盯着那只手表，上下两片嘴皮子忽地蠕动起来。

14

有关江杰的情况，史千秋和江心渝沟通过一次。如前所述，江杰上课从不参与讨论、回答任何问题，下课也不和同学交流，成绩更是差得一塌糊涂。不过，他也不是一无是处。首先，他没有暴力倾向，要是放任不管，完全可以视之为一股空气。其次，他在记数字以及绘画上表现出惊人的天赋，但这种天赋究竟是不是真的可以加以引导，史千秋搞不清。凡此种种表明江杰极有可能是一个自闭症儿童。史千秋在网上搜索各种方法，希望能更好地和江杰沟通，但他很快发现皆是徒劳。

江杰妈妈。他试着和江心渝沟通，但才开口，便被江心渝抢先了。史老师,我知道杰杰成绩不好。他天生胆小、慢热,慢慢就跟上了。不是成绩好坏的问题,是他不和别人交流。史老师,杰杰胆子小的事,我们头一回见面我就告诉你了。相信我,只要再给他点时间,他肯定会好起来的。

杰杰终归是要走入社会的。史千秋不知道她是真的相信还是自欺欺人。我是想,是不是去医院咨询一下,这样可能对杰杰更好?他犹豫了下,还是说了出来。江心渝的脸收紧了,本就瘦削的下巴像被刀削过似的。史老师,你这话什么意思?没什么意思,我是想帮杰杰。不必了,杰杰是我儿子。什么事情对他好,我最清楚,不需要外人操心。江心渝最后几句话几乎是从嘴里抠出来的。

那以后,他们再无交流。他和她碰面的次数不多,有几次,他们在校门口碰到,她冷着张脸,抓起江杰的手就走。他望着她的背影,不知怎的却想起了应悦。史云帆恢复上学后,应悦对史云帆的任课老师百般挑剔。这个不好,那个不对。史云帆的任课老师也是史千秋的同事,无论史千秋怎么劝,应悦都不听。史云帆变得孤僻了,他常常回了家,便把自己关进房间。

究竟是史云帆的孤僻导致应悦的敏感,还是应悦的敏感导致史云帆的孤僻?又或者,它们一开始就共同存在,互相交织，直至再也分割不开？总之，他看着这张熟悉又陌生的脸，想不起他们有多久没有肌肤之亲了。不知从什么时候起，他们从原来的一床被子变成了两床。每天晚上，他们躺在同一张床上，彼此却再没有碰触对方的渴望。他会背过身子，她也是，然后等待黑夜将他们彻底地包围。

他从来没想过他们也会有这样一天。过去，他看到那些失和的夫妻，总以为是他们缺乏沟通的缘故，不论遇到什么事，只要好好沟通，没有什么是不能解决的。但现在他清楚了，他们之间就好比隔着纵横的沟壑，跳过去一道又生出一道，永远都跨越不了……

江杰还蹲在原地。他心一揪，掏出手机，想给江心渝打个电话。一个人影从对面窜了出来，奔他而来，等到跟前，他才发现那人是江心渝。

杰杰，妈妈今天有事来晚了。江心渝俯下身子，去拉江杰的手。江杰被拉起来了，眼睛却还看着那只手表。杰杰，听妈妈的，我们先回家。江杰没有动，他像被那只手表吸住了。你就不能待会再看吗？江心渝吼了一声。江杰把目光抬起来了，但仅仅过了几秒，又重新落到那只手表上。

江杰妈妈——他以为她下一秒就要哭出来，但没有。她绷紧了脸，对史千秋说，杰杰的事我会处理。

15

启航中学门口站满了人。头一次见这阵势,史千秋很是不解。这些家长接的既不是小学低年级的孩子,也不是像史云帆这样的特殊学生。但如今,他已经见怪不怪了。

他把电瓶车停在学校对面。放学铃声响起来了,最先出来的是一小群,接着,是一大群一大群。在这样一群晃动的人影里寻找史云帆当然是困难的,但他几乎没费什么力气便找到了。史云帆把校服系在腰间,露出一件火红的印有灰色骷髅头的T恤。他蹙了下眉,也就在这时,史云帆也看到他了。四目相对,他嗅到一股危险的气息。

史云帆盯了他几秒钟,把头转回去了。他推着电瓶车跟在史云帆后面,一路无话。到家时,应悦正在做饭。帆帆,今天怎么样啊?妈妈给你做了你爱吃的笋干老鸭煲。史云帆不答话,把房门一关,史千秋想去开门,被应悦拦住了。他能跟你回来就不错了,你还想他再跑掉啊。经过昨天一役,应悦算是暂时和史千秋达成和解。

他把手收回来。昨晚,史云帆回来时已经将近十二点。应悦不知哭了多少回,她都打算去派出所报案了,史云帆却回来了。帆帆,你到哪里去了?妈妈都担心死了。史云帆并不回答。饭吃了吗？还饿不饿？史云帆还是没有回答。那这样好不好，你先睡觉，什么时候想说再说。应悦边说边给史千秋使了个眼色，看来想从史云帆嘴里套出话是不可能了。

他在沙发上坐下，揉了揉太阳穴。沙发旁是一组简易的书柜，最下面一排摆着《假如给我三天光明》《生命的追问》《轮椅上的梦》《我与地坛》等，都是他买给史云帆的。最开始，他读，史云帆还听上一会儿。后来，他不听了，当然，他也不看，那些书摆在书柜里简直就在积灰尘。

一个人，出生了，这就不再是一个可以辩论的问题，而只是上帝交给他的一个事实；上帝在交给我们这件事实的时候，已经顺便保证了它的结果，所以死是一件不必急于求成的事，死是一个必然会降临的节日。这样想过之后我安心多了，眼前的一切不再那么可怕。比如你起早熬夜准备考试的时候，忽然想起有一个长长的假期在前面等待你，你会不会觉得轻松一点，并且庆幸并且感激这样的安排？

……

谁又能把这世界想个明白呢？世上的很多事是不堪说的。你可以抱怨上帝何以要降诸多苦难给这

曼珠沙华

人间，你也可以为消灭种种苦难而奋斗，并为此享有崇高与骄傲。但只要你再多想一步你就会坠入深深的迷茫了：假如世界上没有了苦难，世界还能够存在么？要是没有愚钝，机智还有什么光荣呢？要是没了丑陋，漂亮又怎么维系自己的幸运？要是没有了恶劣与卑下，善良和高尚将如何界定自己又如何成为美德呢？要是没有了残疾，健全会否因其司空见惯而变得腻烦和乏味呢？我常梦想着在人间彻底消灭残疾，但可以相信，那时将由患病者代替残疾人去承担同样的苦难。如果能够把疾病也全数消灭，那么这份苦难又将有（比如说）相貌丑陋的人去承担了。就算我们连丑陋，连愚昧和卑鄙和一切我们所不喜欢的事物和行为，也都可以统统消灭掉，所有的人都一样健康、漂亮、聪慧、高尚，结果会怎样呢？怕是人间的剧目就全要收场了。一个失去差别的世界将是一潭死水，是一块没有感觉没有肥力的沙漠。

……

看来差别永远是要有的。看来就只好接受苦难——人类的全部剧目需要它，存在的本身需要它。

……

太阳穴疼得更厉害了。不止一次，他都想，他的这位本家是靠着怎样惊人的意志力才度过那些艰难的日子啊。史云帆自然是可怜的，这辈子他都带上病人的烙印了。可史铁生难道就不可怜？还有张海迪、海伦·凯勒，他们难道就不可怜？可他们不都走出来了？他多希望史云帆能像他们一样，走出低谷并焕发出新的更为旺盛的生命力，但那场病似乎把他生命的力量全夺去了。他只能眼睁睁地看他渐行渐远，什么也做不了。

16

老包的追悼会设在杭州殡仪馆。史千秋站在三号厅里，抬眼便能望见老包那张标志性的国字脸。脑袋大，脖子粗，不是大款就是伙夫。史千秋还留有第一次见到老包时的印象，可眼前的老包却再也不能和他喝酒、说话了。

他不胜唏嘘。这时，他感觉腰被某样东西顶了一下，扭头一看，却是盛茂鑫。盛茂鑫朝他努了努嘴，他望过去，看到一个女人，颧骨很高，从头到脚裹着黑色。是老包前妻，盛茂鑫说。有关老包前妻，他听说过一些。据说老包从贵州回来后，从原先的学校辞了职，加入了某个志愿者之家。他前妻不干，闹得不可开交，最后只好离婚。孩子判给了女方，除此之外，她还分到他们夫妻名下的一套大房子以及一辆车。老包分到的是一套小房子，尽管这套房面积不大，但也够老包生活了。不过，接下来的事就出乎大家的意料之外了，老包和一个女孩好上了，对方是个大学生，也是志愿者之家的。

老包都离婚了，男未娶女未嫁。人家姑娘年轻，又有爱心。天天搁一起，换了谁，谁不动心？老包和女孩同居后，盛茂鑫还半打趣地提过一次，但现在盛茂鑫却摇了两下头。原来出事那会儿，女孩也在车上，她受的是轻伤。老包前妻收到消息后，一路奔去当地医院。她骂女孩年纪轻轻不要脸，又骂她克死了老包。更厉害的还在后头呢，老包不是还有一套房子嘛，出事前，老包和那女孩一直住在那里。你晓得老包前妻怎么做的？她叫了一大帮人，上门把女孩的东西全扔了……

从殡仪馆出来，两人都感慨万千。盛茂鑫提议去喝一杯，要换作平常，史千秋肯定推辞了，但眼下，他亟需一些释放。两人在殡仪馆附近找了家饭馆，菜和酒很快上来了。他们也不说话，只闷头喝一口酒，间或夹一筷子菜。

好在饭馆里的说话声、碰杯声多少冲淡了阴郁的气氛。三瓶啤酒下肚后，盛茂鑫把酒杯放下了。知道这里再过去一点是什么学校吗？是金澜外国语学校。史千秋愣了一下。金澜外国语学校是市里近几年新兴的民办小学，学校采用双语教学，教学质量在市里更是名列前茅。他之所以知道这所学校还有个原因，学校的校长就是梁纪英。从华欣小学退了以后，梁纪英便转战来了这里，把这所名不见经传的学校打造成了热门学校。

盛茂鑫喝了口酒，我知道那事你受了委屈。不过，一码归一码，梁纪英的确有眼光。你看看，头口水都被她吃掉了。史千秋辞掉教导主任的事，圈子里早传遍了。他摸不清盛茂鑫葫芦里卖的什么药，只能一言不发等他继续讲下去。

老史，咱们兄弟不说外话。当初，你担心的无非是编制问题，可这些年过去了，我们看到了，编制它不过就是个鸡肋。我是想明白了，当下的形势是什么？是民办学校、国际化学校。我们只有抓住机遇，才能真正在教育这块领域上大展拳脚啊。

盛茂鑫这样讲，想必是被挖去做校长了。也是，如果说盛茂鑫之前还为自己所遭受的愤愤不平，如今，他完全没有了此类烦恼。格致小学虽然还是那个格致小学，但盛茂鑫却不是当年的盛茂鑫了。盛茂鑫现在是省春蚕奖获得者，省特级教师。小语界可以不知道格致小学，却不能不知道盛茂鑫。

你要走？史千秋问。跟你交个底吧，盛茂鑫给史千秋添满酒，是绿嘉房产投资的，我也是看中它的品牌，又有诚意。现在，万事俱备，只欠一个好的教师团队。老史啊，虽说这事不是我一个能决定的，但我敢说，只要你肯来，做个教导主任还是没问题的。况且，学校的校址就在余杭。如今，余杭可真是大不一样了，连阿里巴巴总部都建在那里。怎么样？我们兄弟联手大干一场，也算是回馈家乡。

盛茂鑫讲完，等着史千秋回答。史千秋把杯子里的酒饮尽了，他脑子里却跳出他、盛茂鑫、老包在大坪小学里喝酒的那次。老包的那张脸回来了，在他眼皮子底下不停地晃啊晃。这边是彻骨冰冷的死，那边是热气腾腾的生。生和死原本就在咫尺之间，但他还是感到被冒犯了。

17

史千秋没有告诉过任何人。辞掉教导主任后，他比过去更加热爱学生，认真教学，在各个方面最大程度地保证学生的公平。就拿吃饭这件事来说吧，在辞掉教导主任之前，他肯定不会考虑这个问题。但做班主任后，他发现，同样一碗冬瓜骨头汤，有的学生能分到骨头，有的却没有。再比如说拍照，学校、班级活动自然是要拍照的。通常，班主任们会固定好队伍，但长此以往，站在角落的学生便失去了站在中间的机会。可另一方面，无论他怎样努力，他体内却仍滋生出一种无力感来。

无力感起初并不明显，但渐渐地，它渗入他的教学、生活，渗入他的每一寸肌肤、血液。就像那天，他明明想要和那个孩子好好谈谈的，但那瞬间，他像是被某样东西附体了。等反应过来，他的一只手已经扯着那孩子的衣领，另一只手则差点打下去。师傅。他听到于波喊了他一声，喊声不大，却叫他羞愧万分。那以后，从表面上看，他仍和过去一样，但他心里清楚自己其实成了一棵无根之树，一股无源之水。

当然，他也可以什么都不想，答应盛茂鑫便成。只要他答应，别的不说，年收入势必噌噌噌地往上涨。但此刻，无力感又上来了。他按了下太阳穴，收拾好东西，准备去启航中学。方春霞进来了，把手支在办公桌上，史老师，于波的事你听说没？于波这几天都在外校培训，他没见着他。什么事？我也是刚刚才听说的，他和楚楚分手了。方春霞说着做出一副意味深长的样子。

分手？于波和楚楚怎么会分手？据方春霞说，他们上个月其实就分手了，楚楚一直瞒着家里人。直到昨天，她妈妈才晓得这桩事。她妈妈不知道还好,知道了还得了,立马跑去于波那里闹。那间公寓不是于波和小耿合租的嘛,小耿今天就和我们办公室里的人说了……

噢。他心下一沉。这些年,杭城的房价始终居高不下,于波和楚楚两家关于买房的事也就没谈拢。有次,于波差点就要买房了,那是一处郊区的房产,地产商打出一个惊爆价,加之又都是八十平米左右的小户型,人们纷纷赶去争抢。官方最后公布的中签率仅仅只有12.6%,不得不说于波的运气实在太好。但就在首付前,楚楚妈却探听来了一个消息。从来只有买错,不会有卖错。你以为开发商傻呀,还不是欺负你们这些外地人不晓得。那块地原来是什么?是农药厂哎。农药厂是搬走了,但留下的毒一百年都稀释不掉。买那里是要被活活毒死的呀。

话到这里,买房的事只好作罢。谁晓得半年后,那房子不跌反涨,她又责怪起于波来。看看!你就是没有经济头脑。没错,当初是我说的那房子不能住,那你也可以买下再转手卖掉的呀。楚楚妈将于波好好数落一通。两个月后,于波无意发现她竟然给楚楚安排相亲。对方是银行的,比楚楚整整大九岁。尽管遭到了楚楚的拒绝,他还是感到了一种难以忍受的耻辱。

你妈也太过分了吧，她明明知道你有男朋友。楚楚呢，虽仍和于波一起，对于母亲亦无可奈何，他俩的事便拖了下来。拉锯战伊始，于波似乎没有多少胜算，但随着年岁的增加，胜利的天平越来越向他倾斜。史千秋以为再等上两年他们便熬出头了，没想到两人却分手了。

还是因为房子？以史千秋对于波的了解，想不出还有其他什么理由。不是。楚楚妈那边好像都降低要求了，只要有六十来平米的二手房就行，两家凑凑应该不成问题。那为什么？方春霞面露难色，楚楚妈说是于波劈腿。怎么可能？我也说不可能嘛。不过，她说的有鼻子有眼的，是真是假谁也搞不清。

18

到达启航中学时，他比平常晚了近二十分钟。一部分学生已经离开，还有一部分学生正陆续从学校走出来。

自从史千秋来接史云帆放学后，史云帆就不再那么早出来了。他会在教室磨蹭上半个小时，再慢悠悠地出来。史云帆整个人蔫了似的，看得应悦直心疼。

要不，这两天先别接他了，应悦劝史千秋。上次说怕帆帆出事，要我接的是你，现在不要我接的也是你。我还不是怕他被逼得太紧？那要是他再不回来呢？史千秋的话显然问到了应悦的痛点，她不说话了。临睡前，她又说，那你也别跟他跟得太紧了。

他把电动车停好，史云帆还没出来。他在外面又等了一刻钟，决定去教室里看看。教室里有三个男生在搞卫生，史云帆不在。谭老师正在办公室里备课，他走进去。谭老师，我来接帆帆。帆帆？他早走了呀。好，谢谢你了。

他在办公室门口和应悦通了个电话。帆帆到家了没？还没，你不是去接他了吗？嗯，刚刚有点事，我还没到他学校。他扯了个谎，头皮一阵发麻。他有种预感，史云帆很可能又去跟踪那个女孩了。

谭老师，我给帆帆妈妈打过电话了，帆帆还没到家。我是想，你能不能联系下那个女孩的家长，问问她到家没有？谭老师站起来了，她的身体绷直了。帆帆爸爸，安琪还没到家。等打完电话后，她对史千秋说，安琪奶奶说她最近经常很晚回家，也不知道在干什么。她爸爸妈妈呢？谭老师迟疑了几秒，她爸妈很早离婚了，她爸又一直在外地工作。

两人静默了会儿。忽然，谭老师想起什么似的。对了，我问问看可可，她们应该在一起。但很快，可可妈妈在电话里表示可可这几天都在上培训班，她和安琪已经好几天没一起回家了。

帆帆爸爸，我知道你担心帆帆，要不再等等，也许帆帆就到家了。也是，或许他过于紧张了。这样吧，谭老师，我先回家看看，真是麻烦你了。才走到楼梯口，后边便传来一阵脚步声。

帆帆爸爸——谭老师从后面追了上来。刚刚可可妈妈打电话过来，她说安琪很可能在做兼职模特。

19

艺梓文化传播有限公司位于乐达商业中心的八楼，出了电梯是一条长长的走廊，走廊两边是一间间办公室，艺梓文化就在这条走廊的尽头。三间办公室被打通了，中间隔出总经理室、模特部、演艺部等若干个房间。门口挂有一块"艺梓文化传播有限公司"的铜牌。铜牌下还贴着一张海报，上面写着热烈祝贺艺梓文化传播有限公司参与举办"嵩晏杯"2017年世界超级模特全明星冠军赛浙江总决赛。

不过现在，海报已经被撕破一角，像块狗皮膏药粘在那里。门是敞开着的，史云帆轻轻一推，便看到那张黑色的烤漆仿大理石纹的前台。头一回来这儿，那个卷发男就是趴在这里接待的他。卷发男穿着双黑色凉拖，走起来踢踏踢踏的。来面试的？他点点头。卷发男笑了，扫了眼他的校服，露出一排被烟熏黄的牙齿。还不满十六岁吧？按理，你这样的我们是不收的。不过，我看你底子不错，可以试试。

卷发男把夹在耳朵上的那支烟拿下，点燃，抽了起来。待会儿先拍一套模特卡，等有模特卡就可以正式工作了。一般从内景拍摄做起，不过这个报酬不高，每件只有几十块。等熟练以后就可以外景拍摄，一小时三百到五百。目前公司业务正在扩张，要不是看你条件好，我才不跟你多费口舌。仿佛是为了印证他的话似的，门外又进来两个女孩。

怎么样？卷毛男点了点前台上面被绑定的圆珠笔。没问题的话填好报名表，再交一下模特卡的钱。模特卡的钱？是啊，才一千二。主要是给化妆师、摄影师的。你要拍模特卡，肯定要化妆、修图。总不能让人家白给你化妆、照相吧。再说，你想啊，等你以后拍了外景，还不是分分钟就挣回来。

卷毛男讲得头头是道。他摸了下口袋，我没带钱。有微信吗？可以先用微信支付一部分，剩下的从你赚的钱里扣。我没有手机。他把口袋翻出来，除了一张皱巴巴的餐巾纸，什么也没有。

他妈的！我看你是来找事的吧。卷发男把烟蒂扔了，有人从化妆间里走出来。前面的那个，顶着个烟熏妆，穿一条廉价的亮片连衣裙，她的头发被盘起，上面还插着根脏兮兮的羽毛；后边那个虽然高，却并不纤瘦，被套在一件深紫色的紧身上衣里，加上同样深紫色的眼影，看上去更是膀大腰圆。

他盯着她们，希望她们有一丝受惊的表情，但没有。顶着烟熏妆的那人在一个劲地跟涂深紫色眼影的那个眨眼，但涂深紫色眼影的不为所动。很快，她们进了摄影棚。他呢，则被一只手拎起，又猛地推出门外。别让我再看到你，下次，我可就没那么客气了。

20

最早，史云帆跟踪的是初二（5）班的班长，这个成绩优异，和谁都笑眯眯的男生是"减负"工作的忠实拥趸。他声称自己从不做学校老师布置以外的任何作业，只要用心听课，成绩绝对不成问题。但史云帆跟他的第三天，便发现他放学后排满了语数英的各类培训班。

史云帆第二个跟踪的是班上的学习委员，这个学习委员戴一副厚厚的眼镜，出了名的爱看书。他也确实爱看，等车的时候看，坐公交车上也看。从《论语》到《左传》，从《三个火枪手》到《呼啸山庄》，除了吃饭、睡觉、上课、看书，他的生活里好像再没有别的事。有天，他又像往常一样在公交车上看书，等到站，才依依不舍地把书塞进书包。也就在这时，他一偏头，看到了史云帆。这一看可不得了，他三步并作两步下了车，一路跑一路回头，仿佛他是什么多么可怕的怪物。

史云帆当然也晓得自己的不同，这使得人们对他产生截然不同的两种态度。一部分人赤裸裸地告诉他他是个病人。就好比班长，在跟踪他之前，他总是格外轻柔地和他讲话，好像稍微大一点声，他就会发病似的。还有一部分人则和他刻意保持着距离，生怕惹上不必要的麻烦。

再跟下去，他发现，他的这些所谓健康的同学无一不是自私、胆怯、虚伪、自以为是。最明显的例子是当他们发现自己被跟踪时都会害怕上一阵，但出于被发现秘密又或是担心被嘲笑（一个初中生竟然怕被跟踪），谁也没有报告给老师。

不过这种情况在他跟踪许安琪时被打破了。许安琪是校田径队的，新生报到那天，她穿一套蓝色运动服，脚踩一双 NB 运动鞋，一米七八的身高轻而易举吸引了所有人的目光。不久，学校举行运动会，许安琪一口气包揽女子四百米、八百米的冠军，其中一项还打破校运会纪录。那是属于许安琪的高光时刻，几乎全年级的人都认识了她。但随着校运会闭幕，她便变得普通了。许安琪成绩不好，在班上只能勉强算中等。

史云帆跟踪许安琪的第一个星期并没发现什么，但史云帆有的是耐心。果然，那天他一路跟着许安琪和可可进了一条巷子，巷子很冷清，两人走走停停，钻进一家店，那家店的店面很小，门口挂两只日式的红灯笼，上面印有大大的"刺青"二字。

两人再出现是在半个钟头以后了。她们穿着校服，从外面看看不出什么。等她们走掉，他溜进那家店。刚刚是不是有两个女孩进来？文身店老板穿件开襟唐装，和他想象的很不一样。你说的是高的那个吧，她是来咨询的。

事情变得有意思起来。他后来还跟她们去过两次文身店，再后来，他看到了卷毛男。卷毛男从大街上窜出来，和她们交谈了会，带她们进了一栋旧兮兮的写字楼。

现在，他就在这栋写字楼里。一块白色背景布被扯下来了，地上躺着几十张横七竖八的照片。他脚边那张是个陌生的女孩。女孩化着个土里土气的妆，一脸无辜地看着他。

他踩了一脚女孩的脸。这么说，你被骗了？也许吧。许安琪侧坐在窗台上，她把校服脱了，上身只留一件黑色吊带。什么叫也许？你看不出来他们都跑了？无所谓。什么叫无所谓？她的口气叫他不爽起来。

好吧。他把"女孩"一脚踢开。不说这个了。你就不想知道我为什么跟着你？这是史云帆的撒手锏。但凡被史云帆跟踪的都想知道原因，而他越不说，越是叫他们惊恐。不想。为什么？不为什么。哼，别以为这样我就拿你没办法了。上次你告我状，我还没跟你算账呢。别忘了，只要我把你来这里的事告诉谭老师，你就完了。

是吗？当然。他等着看她的笑话。她却不再说话，只是呆呆地望向窗外。窗外是一块豆腐干似的天空，一只黑色的大鸟从一栋乌压压的写字楼前飞过，又不见了。喂，怎么样？害怕了吧？她把身子转过来，手指做成了一把手枪状。嘭——几乎也就在同时，史云帆看到了那朵花，盛大、血红，正肆无忌惮地开在她的左胸上。

21

过道里满是消毒水的气味。一闻到这种气味，史千秋就不自主地想起那天。也是这样一个夜晚，他从火车上下来直奔医院。两个礼拜前，应悦打电话给他，说史云帆发低烧。

当时，他正忙着给大坪小学的学生上课，没想太多，只说让史云帆多喝水，多休息。实际上，无论是他还是应悦，都没太把这次低烧当回事。谁会把发低烧当回事呢？四天后，史云帆的烧虽然没退，但精神不错。应悦甚至还打算让史云帆继续上培训班并练习小提琴。他又怎么会料到一切急转直下，史云帆竟会昏迷不醒。

是病毒性脑炎，情况危急，医生建议立即做开颅手术。他赶到医院的时候，手术已经做完了。应悦坐在ICU病房外，她仿佛老了十岁，整个儿陷在椅子里。应悦，他叫了她一声。她扭过头，呆滞地看他。后来，她总算认出他了。她默然地看了他一会，开始哭起来……

胸口很闷，他停住脚，解开领口的第一颗纽扣。刚刚警察打电话来，问他是不是史云帆的监护人。是。史云帆出了事，现在在浙医二院。他出什么事了？他极力保持镇定。一个女孩从楼上掉下来，死了。我们在女孩出事的地方，发现了他。他大概受了刺激，具体情况还在调查中。

他的脑子很乱。他想起那个女孩，他见过一次。老实说，他甚至记不起来她长什么样，唯一的印象就是她很高，可是她死了。她的死是否和史云帆有关？他不敢再想，吃力地将警察的话转述给应悦。应悦已经快昏厥了，她瘫在沙发上，不断重复着，怎么会这样的？怎么会这样的？考虑到应悦的身体，他劝她先在家里休息，等他到医院再给她电话。

过道尽头，三个警察正围在一起交谈。他放慢脚步。刚刚在出租车上，他恨不得飞到医院，可现在，他却开始害怕起来。

一个女人从后边跑上来，女人的背影很瘦，一根黑色头绳掉至马尾末梢。尽管只是一个背影，他还是立马认出了她，那是江心渝，他不会认错的。江心渝跑到警察跟前，一个警察和她说着什么。她点几下头，慢慢蹲下了。警察弯下腰，大概在问她有没有事。她伸出手掌，做出一个"不"的手势，另一只手把脸盖住了。

22

史千秋知道自己体内的某些东西坍塌了。那些东西若钢铁一般曾支撑他继续走下去，但现在他听到它们碎裂的声音。

尽管警方通报许安琪的死和史云帆无关，但有关此次事件的报道仍像洪水一般漫了上来。现在，网上铺天盖地的是"深扒模特公司骗局"、"'邀你做兼职模特'到底多坑人"之类的报道。再搜索下去，还有"校园暴力，压死女孩的最后一根稻草"。这篇报道采访了许慧慧（化名）的班主任和同学，表明史磊（化名）虽然不是直接杀害许慧慧的凶手，但他对于许慧慧造成的伤害却是不可逆转的。特别是在被模特公司欺骗后，本就压抑的许慧慧发现史磊再次跟踪她，对她无疑是致命一击。

起先看到这些报道，应悦还会骂上几句。他们知道什么？他们只是坐在家里点下手机，就以为了解一切？就可以对着别人指手画脚？慢慢地，她不再看了。她卸载了微信，拔掉手机卡，就像多年前她辞职一样。

而史云帆呢，回家后几乎没再吃饭。之所以说几乎是因为他还是吃一点的，但那点食量跟不吃也没什么差别。每天，应悦把饭菜端进去，又几乎原封不动地端出来，除了有限的几次上厕所，他就一直窝在那张床上。

过去的每一天都是煎熬，而未来，史千秋看不到一丝希望。他试着读书柜上的书，那些书他曾经读给史云帆听，但现在他明白这些书无论是对他还是对史云帆都起不了任何作用。他也试着念《心经》，去家附近的教堂听牧师布道，但无论哪一种都没法让他得到真正的安宁。

时间却还在一刻不停地走着。他记起史云帆手术的第二天，母亲来了。这是母亲第二次来杭州，之前总说住不惯这边的母亲坚持在ICU病房外守了几宿。四天后,史云帆度过危险期。她看着同样几夜没合眼的他,说,日子还得过下去啊。

眼泪流出来了,他知道母亲这辈子不容易。先前,她因为成分不好,没少吃苦头。后来,他父亲又早早离世,她一个人干两个人的农活,省吃俭用硬把他拉扯大。可她不都熬过来了吗?

不管怎样,史云帆还活着,这就够了。退一万步讲,如果那时他们没有生下他?这日子不也得往下过?话是这么说没错,可一个声音却从他心里头不断地扩散开来。这日子……还能过下去吗?

23

傍晚,下起了大雨。于波给史千秋发来微信,说在他家楼下。想到应悦随时都可能发作,史千秋让他先去楼下那家饺子店等他。

史千秋已经很久没见于波了。自出事以来,史千秋便跟学校请了假,再没回去过。其间,樊国强打来过一次电话,说他这几天在外省讲座,没法抽身看他。又说孩子要紧,叫他好好照顾史云帆。

两人在店里各点了盘饺子,谁也没动筷子。还是于波先开了口。师傅,帆帆还好吧?他没有接话。实际上,他不知道该怎么接话。从医院回来后,史云帆便天天躺在床上。过去,史云帆还会同他抵抗,现在他则完全陷入沉默,这种沉默不带气愤,亦无反叛,除了无声,还是无声。

每晚,他躺在床上辗转反侧,难以入眠,脑海里一遍遍回想起史云帆小时候的样子。史云帆伸开肉嘟嘟的小手,跌跌撞撞地朝他走来。爸爸,抱抱。他多希望他能敞开心扉,像小时候摆弄不好他的小车一样,和他谈他的懊恼,他的委屈。哪怕像过去那样大吵一架也好。只要他开口,总会有办法的,可他只是缄默着,他的缄默使得他根本找不到出口。

于波当然也感受到了。他默然了会儿,说,师傅,有件事我得告诉你,我和楚楚分手了。这么说,方春霞讲的是真的了。但于波说不是,事实上,他比过去还要爱楚楚。

那为什么还要分手?于波的眼圈红了。师傅,这几个月来,我没少看房。过去,我以为只要我们两人相爱,穷点,住得小点没有关系。我也以为只要楚楚妈同意,我们便算苦尽甘来。可不知道为什么,只要我一走进那些楼道——小的、旧的、破的、贴满小纸片广告的,我的耳边便会出现一股轰鸣。最开始，我也以为那不过巧合。但几次下来，我才确信它不是。那感觉该怎么说呢？就好像一次次跟我宣告：我永远都给不了她幸福。

24

女人穿条灰色的棉布裙，一头长发绑在脑后。她手里拎着把伞，水从伞上淌下来，在地上形成湿的一小片。要不是女人刚刚一直敲门，又没人应答，应悦怎么也不会从房里走出来给她开门。咚咚咚，咚咚咚。简直要在应悦的脑壳上敲出个洞来，她打开门，希望对方停止动作，但才开门，她就后悔了，她认得这个女人，尽管她只在医院里见过她一次（史千秋去医院后没多久，她就追出去了）。她想用力把门关上，但女人干扁的身体却在关门前挤了进来。

等女人进来后，她才发现她后边还跟着个男孩。男孩有些古怪，面无表情地站在那里。女人把男孩领到客厅的一张椅子前，吩咐他坐下，又转过头来，对应悦说，你是史云帆的妈妈吧？我想和史云帆聊聊。

聊聊？他们之间有什么可聊的。经过那黑色的一天，一个家庭永远地失去了他们的女儿，而另一个家庭的孩子虽还活着，却成了一具行尸走肉。行尸走肉！想到这个词，应悦的身子止不住颤了下。

和史千秋结婚的第三年，她怀上史云帆，却先兆流产。两人去了县医院，打针、吃药，才把史云帆保了下来。史云帆出生后，她对他百般呵护，教他各种知识，给他报各类培训班。一切都朝着她预想的方向前进，可史云帆却得了病，一切戛然而止。她辞了职，不再和同事、亲戚联系。她以为这样就能抛开那些对她知根知底的人，摆脱掉那些自以为好心的、怜悯的目光。然而，痛苦却再一次缠上了她。

每个夜晚，她躺在床上，时间被陡然拉长。她睁着眼，盯着一团黑漆漆的房间。窗帘好像动了一下。她一个激灵坐起，下床，轻手轻脚打开史云帆的房门。史云帆还躺在床上，他就那样平躺着，木乃伊一般。谢天谢地，他还活着。她吊起的心放下了，旋即又心痛起来。

安琪妈妈，安琪的事我真心表示难过。但警方已经通报此事，我想没有再谈的必要了。云帆妈妈，你误会了。江心渝说，事情已经发生，安琪再怎么也不可能回来，但作为她母亲，我想多了解她一点，了解当时的情况。安琪妈妈，我理解你的心情。可该说的帆帆都跟警察说了，监控录像你也看了，你还要他说什么？

那段监控录像,江心渝到死都会记得。录像伊始,许安琪侧坐在窗台上,和距离她几米外的史云帆说着什么。后来,她不说话了,只是呆呆地看着窗外,窗外是一栋写字楼。她看了会儿,把身子转过来。嘭——她用手指对着自己的脑壳射了一"枪"。紧接着,双手一扬,身子一倒,坠下去了。整个过程利落得像是在表演一场自由落体。

警方的唇语识别判定史云帆没有撒谎。监控录像的后半段显示,许安琪掉下去的一刹那,史云帆先是呆了下,继而跑过去,想要用手拉她。尽管他没能把她救上来,但警方有理由相信,他是想要救她的。

我就是想再听听,只要是有关安琪的事就好。应悦的喉咙变得干涩了,安琪妈妈,帆帆之前是有错的地方,他不该跟踪安琪,但事情变成那样他也不想的。出事以来,他把自己关在房间里,不吃也不喝。如果他是个正常的孩子,我也就认了,可他……从小就有病。实话告诉你,医生说,如果他的精神再受到刺激,很有可能会再次引发癫痫。算我求你了好吗?他真的不能再受刺激了。

不。算我求你了好吗……这些年,安琪始终不愿见我,也不愿意听我讲当初的事情。是……是我没尽到母亲的责任,我甚至不知道她的痛苦,没能阻止她做那件傻事……可我真的没办法啊。如果,如果连我都不要她,还有谁会要她?

客厅一下安静了,只能听见江心渝的啜泣声。江杰还在看他的手表,他就这样头也不抬地盯着那块手表。应悦也想哭,多少个日子,等史云帆睡下,她不知偷偷哭了多少回。但现在,她一点也哭不出来。某种无边的黑暗吞噬了她。门缓缓开了,史云帆的声音从房里传出来。安琪妈妈,你进来吧。

25

应悦把耳朵贴在门上。这扇门其实不厚,但奇怪的是,无论她怎样敛气屏息,仍听不到里面的声音。门里面仿佛被消音器消过,只能听到一点窸窣声。

史云帆和江心渝坐在床上。江心渝个子不高,身体干瘦,要不是她坐在他面前,很难相信她会是许安琪的母亲。刚刚,他听到外头的动静,突然就想和她谈谈。可等她真的进来,他才发现自己什么都说不出来。

他能说什么呢?事实上,他并不了解她的女儿。他所知道的无非是她成绩一般,是田径队的队员。如果说他比别人多了解她一点,那就是他跟踪她,知道她文了身(现在他知道那朵花的名字叫曼珠沙华),被那家公司欺骗,然后,她往后一倒，从楼上掉了下去。他听到一句话，当时，由于她已经倒下去了，监控并没有拍到。也正因为如此，那句话更像是凭空冒出来似的，从窗口直刺入他的耳朵。没人会在乎的。

没人会在乎的。他在心里反复咀嚼这句话。他一度以为自己才是那个没人在乎的人，但此刻，他看着这个干瘦的女人，明白自己将永远保守这个秘密了。

床底下放着一把小提琴。他拉出小提琴盒，打开。阿姨，我给你拉段小提琴吧。灰尘在房间里四散开来。江心渝盯着史云帆，不明白他想要干什么。

史云帆把小提琴架在脖子上，开始拉起来。他拉得断断续续，好半天，她才听出那是首《摇篮曲》。江心渝的眼眶潮湿了，许安琪小时候，她就是哼着这首曲子哄她入睡的。

史云帆的眼眶也潮湿了，多年不练，他的手早生了。可当他的手触到小提琴的一刻，儿时的回忆却一点点地渗开来。他记起刚学小提琴那会，天天练，天天练，练得都烦了。

爸爸，我不喜欢这个。他跟史千秋抱怨。那你喜欢什么？车呀！警车、邮政车、清洁车、火车，只要是车我都喜欢。我看你以后当司机好了。对，当司机多好，开过来开过去。他伸出两只小手，做出摆动方向盘的样子。

当司机有什么好？应悦不知什么时候进来了。不嘛，我就要当司机。好好好。她抱起史云帆,只要你好好学习,将来想当什么随你挑。不过,小提琴还是要练的。应悦拿起小提琴,重新放在史云帆手上。我不要。应悦把脸板起来了。他望着应悦的脸,只好心不甘情不愿地练起来。

假如没有那场病,他也许会有另一种烦恼吧。父母的期许,被规划好的人生,不堪承受的重压。但一切被骤然打断,他成了一个病人,不能剧烈运动,不能喝过多的水,不能吃巧克力,不能喝茶,不能喝咖啡……

应悦从此不再是那个严厉的母亲了。在他面前,她永远柔声细语、满脸慈爱。即便他提出再无理的要求,她都会想尽办法满足。但好几次,他半夜醒来,都听见从卫生间里传来的微弱的哭声。而他的父亲,给他买《我与地坛》《生命的追问》《假如给我三天光明》等一系列书,叫他学习他们的勇敢、坚强。可他既不是史铁生,也不是张海迪或者海伦·凯勒。他只是他,一个普通得不能再普通的人。

有天下午,他躺在房间,听到父亲把房门悄悄推开,又悄悄关上了。他小声爬起,将门打开一丝缝,听到父亲说,某某家最近生了二胎。你什么意思?母亲紧张起来,你想要再生一个?不是,我就是告诉你这件事。不是?不是你为什么要跟我讲?我就是说一下,父亲说,我知道你难受,但你也用不着这样吧。我用不着这样？那你说我应该怎样？难道我应该像什么事都没发生过？还是说，干脆像别人那样再去生一个？母亲哭了起来。似乎意识到哭声太响，她把哭声压低了。我不能接受，我绝对不能接受。帆帆已经这样了，再生一个，他该怎么办啊……

他把门轻轻带上了。那一瞬，他恨他们，也恨自己。他恨自己没能打开门，跳到他们面前；也恨自己没能告诉他们，他恨他们，也恨所有的一切，但他什么也没做。他只是静静地爬上床，把头埋在枕头底下。枕头的柔软使得他愈发痛苦。眼前是一片黑。无处申诉，亦无处发泄。他知道无论他们生或者不生，他都被这个世界抛弃了。

26

史千秋独个儿坐在饺子店里。从饺子店的玻璃门往外望，可以看到汽车、电瓶车以及一茬茬打伞的行人。于波就在这些行人里，开始他还认得出他，但很快他就混在那些点里，分辨不清了。

他站起身，推开玻璃门，正要撑伞，樊国强电话过来了，说是工会来看史云帆的事。讲完后，又话锋一转，问他知道不知道于波辞职。于波辞职了？对，昨天辞的，听说要去一个新学校。是盛茂鑫那个？嗯，樊国强顿了下，我就猜他也找了你。

他没再应声。想到于波最后那番话，他心里一阵翻腾。老史，樊国强说，你能为学校留下来，我樊国强心里都记着。这两天，你先好好休息。等回来，我们再商量下工作室的事。工作室的事他上次就已推辞，樊国强再提实在有些强人所难。那时，他并不晓得盛茂鑫撬走的不止是于波，方春霞还有另外六个骨干老师也都被他挖走了。

还没到亮灯的时间，楼道里有些黑。借着余下的一点光亮，他把门打开，又在家门口甩了甩雨伞。应悦和往常一样坐在沙发上，她一动不动，活像座雕像。

雕像的上半部分忽地动了下。刚刚安琪妈妈来了。他一愣，手里的雨伞跟着抖了抖，同样颤抖的还有应悦。她和帆帆聊了很久，你不知道，刚才我在房门口一直等啊等，真怕他会忽然发作……后来，我总算听见一点声响。你晓得是什么？是《摇篮曲》，就是帆帆小时候一直练的那首《摇篮曲》。应悦的颤抖声终于变成了含混的呜咽。

多年前，他从贵州赶回来时，应悦也是这样呜咽着。是我的错，都是我的错。如果不是我的疏忽，帆帆又怎么会变成这样。他搂住她，不是的，如果说这件事真的有人错，那错的人也应该是他。是他去了外地支教，在他们最需要他的时候没有及时在他们身边。

他把伞搁在一边，走过去，将她抱住了。起先，她还挣扎。慢慢地，她不动了，就这么任由他抱着。现在，他当然不会像多年前那样，想当然地以为一切都会好起来。但没关系了。

史云帆休学后不久，母亲被确诊为胰腺癌晚期。剧烈的疼痛使得这个操劳一辈子的女人至死再没离开那张床。母亲在世的最后几日，他回想起她在ICU病房外发黄的脸，还有一次次欲言又止的样子，才明白母亲已然病得不轻。可那时，他一心想着史云帆，还以为母亲只是累了。

老屋还是老样子。他有多久没回家了？他在儿时睡过无数次的木床旁坐下，看到母亲已经完全被吸空了。镇上的医院医疗技术毕竟有限，他劝母亲跟他回杭州看病，但被母亲拒绝了。别折腾了，母亲一口一口喘着气，我的路到头了，但你和帆帆的路还长着。无论如何，都要好好的。

无论如何，都要好好的。他在心里默念，感到应悦的身体松弛下来了。应悦一松，她整个儿的重量便全压在了他身上。他紧紧搂着这具不再轻盈、年轻的肉体。天完全暗了。

03　摇太阳

1

要不是科室的同事谈起，宋晓艺断不会到这里来。宋晓艺已经十多年没回来了。原先无人问津的径山如今摇身一变成了网红打卡景点，顺带把附近的小镇也带火了一把。昨天同事提到时，宋晓艺不发一言，她倒是没想来的，但早上出门时鬼使神差就开到了这里。

导航显示新通的公路从长乐镇的北部穿过。宋晓艺心里不由生起了一股奇异感。这的确是长乐镇，但从某种角度上看，这又不是长乐镇。宽阔的公路两旁新种了行道树，路标看上去是那样陌生。直到她开进口子，看到那排老旧的房子（她记得那里原来是个菜市场），她才感到自己真的回来了。

菜市场旁新建了几栋小洋房，说新其实也不新，洋房外的砖红色都褪了色。可以肯定它们是在宋晓艺一家搬去杭州后才建的。小洋房旁边是一片空地，这里原先是镇上最热闹的地方，供销社、礼品店、唱片行，还有镇上唯一的电影院如今全不见踪影。

前方蓦然出现一个大帐篷，帐篷前支着一个红色的充气大拱门，门上贴着土黄色的字，无非是恭贺新郎新娘喜结良缘，没什么可说的。但宋晓艺的目光却落到了新娘的名字上。她心想不会那么巧吧，把车停靠在边上。拱门后头有张结婚海报，海报上的新娘化着浓妆，看上去有些丰腴，可宋晓艺还是一眼认出了她。海报旁竖着块席位牌，上面有几个她熟悉的名字，不过早没联系了，唯一一个有联系方式的名字被单独放在了另一桌。

她正盯着那个名字，一个老头过来了。你是哪头的？老头操着镇上的口音，手里抱着个女孩。一开始她没听清楚，待反应过来，脱口而出，新娘这头的。那赶紧进去吧，老头边说边腾出一只手，将她往里带。

帐篷右边堆着一只只大的红色塑料盆，一帮女人正蹲在那里清洗各色食材。

圆桌上摊着塑料布,风吹进来,塑料布飞起,全靠碗筷压着才没飞走。黎薇所在的那张桌子在第二排,她在那张桌子前站定。上一次和黎薇联系还是在黎薇结婚前。黎薇发微信给她,特别补充了句,我爸交代了,请宋叔叔和冯阿姨一起来。宋晓艺跟冯淑贞提起,冯淑贞蹙蹙眉头,家里事多,还是不去了,冯淑贞甚至都没和宋志刚提。

不管怎样,宋晓艺独自去了那场婚礼。那真是一场铺张的婚宴,整整六十六桌酒席满满当当地摆在余杭最大的那家酒店大厅里。大红的婚礼背景墙,大红的玫瑰花拱门,大红的地毯上洒满了大红的玫瑰花瓣。

司仪是本地有名的电视节目主持人。宋晓艺的位置偏后,远远望去,根本看不清新郎新娘的面孔。周围几桌全是农场的老同志,等新郎在台上唱歌时(她原来以为黎薇会唱),其中一个忽得认出她来。这不是宋志刚的女儿嘛,你爸呢?她已经不认得这个人了,只好暗吸一口气,我爸有事,来不了。哦,好久都没见你爸了,他现在还好吗?挺好的。那就好啊。对方张大了嘴,做出一副恍然大悟的样子,把头转回去了。

台上的黎介平开始致辞了,黎介平明显发了福。她听着

摇太阳　　147

黎介平熟悉的腔调由话筒传到扩音器，再传到大厅的每一个角落，抵达每一个人的耳膜，突然想，宋志刚不来是对的。

2

宋晓艺和黎薇同岁，两人的父亲分别是蓝山农场国营商店的副经理和茶厂副厂长。坊间传言，场长的接班人很有可能就在宋志刚和黎介平里选。两家关系一直不错，加上两个孩子又同班，在农场是出了名的要好。

黎薇长得细瘦，常年扎两根细软的麻花辫，脚上蹬一双红色的小皮鞋。黎薇妈妈打得一手好毛线，秋冬时节，黎薇常常穿着妈妈新打的毛衣。和黎薇不同，宋晓艺鲜少有新衣服，冯淑贞信奉勤俭持家，宋晓艺有个比她大三岁的表姐，她便总是穿表姐穿剩下的。

宋晓艺的学习成绩好，特别是数学，几乎回回考试都拿第一。黎薇呢，擅长朗诵、唱歌。她声线甜美，长得又好看，从三年级开始，学校大大小小的活动便基本归她主持。不过，就是这么好的两人也难免会有罅隙，而这罅隙始于郑瑶瑶。

郑瑶瑶是在小学六年级时转到蓝山农场子弟小学的。通常来说，很少有人会在六年级时选择转学。何况，子弟小学和附近的村小一样，对口镇上的中学，并无优势可言。但郑瑶瑶的情况实在特殊，她的父亲郑天明是茶厂的保安，母亲是从外省来农场做临时工的，生下郑瑶瑶后不久便带着郑瑶瑶回了娘家。在郑瑶瑶回农场之前，宋晓艺从不知道原来郑天明还有个女儿。在她印象里，这个有点儿佝偻，平时不善言辞的男人一直是一个人单过。郑天明还养了一条叫阿黄的土狗，阿黄个头很小，尾巴不知怎么断了一截。好多次，它在路上见了宋晓艺她们也不叫，只迅疾掉头小跑着离开。

也就在郑瑶瑶来农场后不久，郑天明和唐妙瑛结婚。这唐妙瑛在场部经营一家小店，店面虽小，五脏却俱全。店门口摆有一张台球桌，那是场部第一张台球桌。好长一段时间，宋晓艺路过那家小店，都会看到五六个男人赤膊围在那张台球桌旁。

所有人都想不通唐妙瑛为什么会看上郑天明。唐妙瑛的老公早年死于一场车祸，她一人将女儿抚养长大，直到初中毕业，女儿去了镇上的塑料厂上班。尽管从表面上看，唐妙瑛的年纪比郑天明大——唐妙瑛人瘦、小，高高的颧骨上擦了很多层粉，一跺脚便唰唰往下掉——但只要她往柜台上一站，话音一响，你就很难再从她身上移开。阿琴，酱油算你便宜，再多给你打一点。金亮、国庆，听我一句劝，都是自家人,别为了这点钱伤了和气。唐妙瑛凭着一张嘴硬是在国营商店的重压下生存了下来。而自从引进台球桌后,店里的生意更是蒸蒸日上。郑天明就不同了,半天都闷不出一个屁。他若是单身汉也就罢了,偏偏还有一个这么小的女儿。

不过话说回来,唐妙瑛要是不嫁给郑天明,又能嫁给谁呢?场部稍微能干点的男人早结婚了,剩下的那几个老光棍,偷的偷,赌的赌,还不如郑天明。再想下去,他郑天明虽然木讷,总归是个男人。卸货、装货时好歹能用上,万一店里有人闹事也有个人壮胆。之前有两个男人喝醉了酒,差点把台球桌掀翻,唐妙瑛好话都说尽了也没用,幸亏边上有个围观的大喝一声,才把两人拉开。

何况,郑天明还是场部有名的"一元"球王。谁也不知道这个平时不大讲话,甚至鲜有表情的男人如何打得这一手好球。通常,打一场台球需要花一元钱,大多数人都会在此基础上赌上五元、十元,甚至一百元。但郑天明不赌,他打球有个规矩:谁输谁付那一元钱。

起初,和郑天明打台球的人不多,全是过把手瘾的。但等郑天明赢的次数渐多,名气渐大,来的人就多了。来人有客气的,也有出言不逊的,郑天明也不避。他佝偻着背,只重申下规矩,把三脚架移开,习惯性地用手抹下鼻子,弯腰，出杆，球就进了，对方甚至都没反应过来。

郑天明和唐妙瑛的故事听上去便有些浪漫色彩了。婚后，郑天明从集体宿舍搬到了唐妙瑛的店里。小店上头有个阁楼，一个简易木梯架在上头，睡觉时就从木梯上爬上去。

宋晓艺头一次见郑瑶瑶时，郑瑶瑶正从木梯上爬下来。郑瑶瑶穿一件灰扑扑的衣裳，衣裳上少了颗纽扣，露出里面的一件白汗衫。她长得极小，从这点上看不像郑天明，倒像唐妙瑛。一头淡黄色的头发，稀稀拉拉地长在脑袋上。眼睛很大，可眼白却占了三分之二，显得毫无生气。

宋晓艺前阵子已从宋志刚和冯淑贞那里知晓了这个女孩。她知道女孩的妈妈出了事，是她外婆带着她来找郑天明的，还知道唐妙瑛现在成了女孩的后妈。后妈是什么样的？在宋晓艺有限的经验里，她所能想到的便是《白雪公主》和《灰姑娘》里的那种。

宋晓艺还在盯着郑瑶瑶，听到唐妙瑛叫，是晓艺啊，进来吃颗糖。唐妙瑛的声音像极了诱人的糖果，宋晓艺听罢，快速走开了。冯淑贞从不让宋晓艺吃糖，说吃糖蛀牙。再说，宋晓艺也不需要去唐妙瑛的小店买东西。宋志刚是国营商店的副经理，国营商店可比唐妙瑛的小店气派多了。

等新学期开始，高老师介绍新同学，宋晓艺才发现这个新同学竟然是郑瑶瑶。怎么说呢，郑瑶瑶太小了，她以为她顶多读四年级。高老师把郑瑶瑶领到讲台上，这是我们的新同学郑瑶瑶，她刚从外地转学过来，下面有请郑瑶瑶同学做自我介绍。

郑瑶瑶低着头，两只手不停地揉搓着衣角。高老师把手按在郑瑶瑶的肩膀上，你简单说几句就行。但郑瑶瑶仍是揉搓着衣角。瑶瑶可能有点紧张，没关系，熟了就好了。高老师说罢抬头，环视了下教室，谁愿意和郑瑶瑶同桌？宋晓艺把手举起来了。很好，高老师赞许道。与此同时，她听到心里的一声咯噔。

3

那节课，宋晓艺基本没听进去。高老师点名让她回答一道题，她也没答出来。她羞愧地坐下，发现郑瑶瑶正在抠手指，右手的食指指甲跟狗啃过似的，一双大眼睛则茫茫然地盯着她，宋晓艺的心里便七上八下了。上学期末，高老师说这学期可以选择自己喜欢的同学做同桌。她和黎薇早商量好要坐一起，可在高老师问的那一瞬，她真没记起来。

宋晓艺看着黎薇，黎薇板着张脸，面无表情，甚至都没往她这边瞥一眼。等下课后，宋晓艺第一时间冲到黎薇跟前道歉。宋晓艺以为道完歉，黎薇的气也就消了，然而，黎薇连眼睛都没眨下。宋晓艺再叫黎薇，黎薇开口了，你要是真心想和我道歉，就跟高老师说你不想和她坐，想和我坐。

那……不好吧。

什么叫不好？难道你说话不算话就好了？

可她毕竟……是新来的，也没有朋友。

好啊，黎薇甩了下她的麻花辫，那你就继续跟她坐吧。

第二天，宋晓艺便明白了黎薇那句话的涵义，几乎班上所有人看到她和郑瑶瑶都躲得远远的。吃过午饭，宋晓艺独个儿去厕所。这厕所建在学校外，要想过去得跨过一条水沟。她才准备跨过去，一个女同学从厕所出来了，她原来和宋晓艺还算要好，如今见了宋晓艺却跟见了瘟神似的往后退，边退还边伸开双手挡住厕所门。

宋晓艺是听过别人讲黎薇的坏话的。二年级时，有人讲黎薇蛮横，宋晓艺听到后，二话不说，将那人训斥了一通。从此，再没有人讲黎薇的半点不是。宋晓艺不是不知道黎薇的个性，她太了解黎薇了，常常一张口便显得高人一等，咄咄逼人。但其实黎薇人不坏，相反，她还相当大方。

就说玩具吧，黎薇有很多玩具，积木啦，洋娃娃啦，那

摇太阳　　153

些可爱的洋娃娃搭配不同的服装都可以摆满一整张床了。换成一般人，肯定宝贝得不肯借给别人玩，但黎薇不会，只要有人和她张口，黎薇便会把洋娃娃借给她们玩上几天。再譬如那个超大超炫的轨道，轨道上有一个三百六十度的过山车跑道，当那辆大红色的电动小汽车从上面飞驰下来时，简直酷毙了。

每周末，宋晓艺和其他几个女生还会去黎薇家玩。她们会在黎薇家吃好吃的点心，听各种好听的流行歌曲。黎薇家的收音机很大，光是放磁带的地方就有两处，不像宋晓艺家的电子管收音机，只能收听调频。黎薇收藏了好多磁带，杨钰莹啦，毛宁啦，刘德华啦。当宋晓艺把头趴在那只收音机旁，听收音机里发出的音乐声伴着黎薇的歌声，她觉得世上没有比这更美妙的事了。

但并不是所有人都能理解这种美妙。班上的男生不喜欢听歌，觉得那是娘娘腔的行为；有女生借了洋娃娃不想归还，被催后便心生怨意；有人甚至还在玩完赛车轨道后叫道，不就是一个破轨道，有什么了不起的！原来此人家里也有一个赛车轨道，只是比黎薇家的要小得多，也没有三百六十度的过山车跑道，宋晓艺便为黎薇抱不平。当然，黎薇有时确实爱耍点小性子，但那不过是小事，和他们所谓的蛮横根本是两码事。

但现在，宋晓艺不禁怀疑自己是错的。她静静地在厕所外杵了会，转身时却撞到了郑瑶瑶。郑瑶瑶抿着嘴巴，一对大眼睛低垂着，右手的五个手指甲全被抠掉了。

瑶瑶，你要上厕所吗？她思考着怎么跟郑瑶瑶解释，毕竟她可以不上厕所，但如果不让郑瑶瑶上也太委屈她了。但郑瑶瑶只是一个劲地摇头，是不是我做错什么了？郑瑶瑶的声音很轻。不是，像是为了证明似的，她又冲着厕所重复了遍，当然不是。

4

那段时光，宋晓艺和郑瑶瑶好像成了两个隐形人，反正谁也不愿意搭理她们。不仅如此，宋晓艺的书包里时不时会出现一团墨渍、一堆橡皮屑或是几个废弃的塑料袋。有次，宋晓艺打开抽屉，甚至发现书包上趴着一只死掉的癞蛤蟆。

祸不单行，和郑瑶瑶同桌不久，宋晓艺染上了虱子。宋晓艺的头发很长，又多，一直扎一把粗马尾，如今只得剪掉。冯淑贞在脸盆里倒好高粱酒，给宋晓艺泡。等泡好，拿一把大剪刀，咔嚓咔嚓开始铰。粗厚的头发撒了一地，再照镜子时，宋晓艺已经成了一个平头。第二天，宋晓艺跟没事似的去上学，当她背着书包走进教室时，同学们的目光齐刷刷地刺过来，她也不管。

不久，宋志刚出差，恰好冯淑贞有事出去，宋晓艺便请郑瑶瑶来家里玩。宋晓艺家门口原先是个小阳台，冯淑贞就着装上窗户，又在里面安上煤气灶，搭建成一个厨房。厨房往里是客厅，摆着一张沙发，一个二门橱，方桌在进门的左手边，桌子下摆着四张方凳。二门橱旁是宋志刚他们的房间，宋晓艺的房间靠右，进去需经过一个窄长的过道。宋晓艺本来请郑瑶瑶来家里是为了让她放轻松些，经过这段时间的相处，郑瑶瑶显然没原来那么紧张了，但郑瑶瑶的眼睛始终盯着眼前的每一样物体，她就像要把看到的全部刻印下来似的。

而等进了宋晓艺的房间，郑瑶瑶的紧张愈甚。宋晓艺的房间不大，但十分整洁。小床上铺着淡蓝色的床单，床单上叠着同样淡蓝色的棉被，棉被上摆着一只毛绒绵羊，这是宋晓艺表姐送的。宋晓艺的玩具不多，一桶积木，一只半新不旧的洋娃娃，再就是这只毛绒绵羊。郑瑶瑶呆呆地望了绵羊一会，突然问，我……可以摸下它吗？当然可以，宋晓艺说着拿起绵羊，递给郑瑶瑶。

门忽然开了，宋晓艺原本算好冯淑贞要晚上六点回来做晚饭，她完全没想到冯淑贞会在这时候回来。瞒是瞒不过去了，宋晓艺索性叫道，妈，这是我的新同学郑瑶瑶。

冯淑贞把钥匙从插孔里拔出来，塞进工作服口袋。哦，今天吃菜泡饭，不如和我们一起吃吧。冯淑贞说这话时眼睛却并不望着郑瑶瑶。

不……不用了……郑瑶瑶连连笨拙地摆手，绵羊"啪"的一声从她手上掉落在地。

郑瑶瑶走后，冯淑贞对宋晓艺说，妈妈不是反对你带同学来家里，但你至少也应该和我说一声。又说，你上回的虱子是她那边染来的吧？宋晓艺刚染上虱子时冯淑贞就说过一次，但宋晓艺剪完头后没再染上，这事也就无从查证。再说，就算她真是从郑瑶瑶那里染上的，那也不是郑瑶瑶的错，但宋晓艺什么也没说。

宋晓艺有时觉得冯淑贞正直、节俭的表面下还藏着另一个冯淑贞。就像她明明不喜欢黎薇——这是宋晓艺从冯淑贞的表情里猜出来的，每次考完试，宋晓艺报完自己的分数，冯淑贞都会追问黎薇的情况，当黎薇考得好时，冯淑贞的脸上便会露出一种难以捉摸的表情。那表情一闪而过，但可以肯定的是，那绝不是欢喜——可当黎薇来家里时，冯淑贞又会格外热情地招待她。家里的饼干、糖果全拿出来了，冯淑贞大方得一点也不像平时的她。不管怎样，那是郑瑶瑶唯一一次来宋晓艺家，那以后，宋晓艺再没邀请郑瑶瑶，郑瑶瑶也没再提。

5

黎薇的朋友圈显示半年可见，朋友圈的背景图是一张自拍，其他什么也没有。结婚当天，黎薇和新郎来敬酒时，新郎已经醉得不行。黎薇微笑着举起酒杯，抿一口，算是敬过了。但大伙不干，一桌人坚持要给黎薇和新郎满上。黎薇急了，还想挡，新郎却猛地往前一扑，吐了她一身。

是否婚礼上的那次不快预示了某种不祥？黎薇婚后半年，黎介平被人举报。据说是新郎的一个远房亲戚找黎介平帮忙，给了他三万，黎介平收了钱却没帮忙。事后有人猜测黎介平是忘了，他黎介平又怎么看得上区区三万块钱？但恰恰是因为这没看上，让他栽了跟头。

听说这事的前一天，宋晓艺还看到过黎薇的朋友圈。黎薇扎个丸子头，戴一副超大的装饰镜框，倚在一张沙发上，沙发前的圆桌上摆有两杯果汁和一束白玫瑰。她怀疑自己记错了，又点进去看了遍，结果表明她没记错。再往前翻，是黎薇拎着香奈儿包包逛商场，购买一整套海蓝之谜的照片，那是两天前的。

有一种说法是新郎当初给黎薇下套，让黎薇怀孕，否则以黎薇的条件，又怎么可能嫁给一个普通的汽车销售？但如今这年头，人流广告满天飞，真不想要那孩子，还不是分分钟的事。还有一种说法是黎介平压根看不上汽车销售员，自然也容不得黎薇肚子里的孩子。黎介平要黎薇打胎，黎薇也不反抗，但第二天她就和单位领导请假保胎，事情就这样传开了。黎介平面子挂不住，索性叫两人结婚。

黎介平失了一次面子，绝不允许再失第二次。黎薇自然也知道父亲的底线，至此，她完全丧失了主权。办酒的日子是黎介平选的，酒店是他挑的，宾客的名单是他拟定的，他还特意找了个风水师，他甚至把场地布置也揽了下来。红！一定要红！要足够喜庆！而黎薇要做的只是挑选下婚纱、婚鞋，再配合化妆师、司仪，笑容满面地站在舞台中央。

郑瑶瑶没来参加黎薇的婚礼，宋晓艺猜黎薇没请她，宋晓艺也从没看见黎薇在朋友圈晒自己的老公。这样说也许并不正确。事实上，在汽车销售员还是黎薇男朋友时，宋晓艺看到过他们的合照。但自从黎薇结婚后，他们的合照消失了。

她也从不晒孩子，宋晓艺知道大多数准妈妈都会在朋友圈晒孕期反应，给宝宝购买的奶粉、尿不湿，布置的宝宝房，但黎薇没有。黎薇的朋友圈里清一色是她在商场、酒吧玩乐的自拍——或正面或侧面——反正她只能看见黎薇胸以上的部分和一成不变的浓妆。要不是黎介平出事，她都忘了黎薇快生了。

他们在说肯定不止这三万。冯淑贞正在蒸小笼包。刚回杭州那会，碰上下岗潮，冯淑贞每月领三百来块的退养工资，找了好多份工作都没成功，最后还是托人才在新丰小吃店做了洗碗工。

洗碗工分早晚两班，轮到晚班还好，早班则要每天四点不到就起床，骑上半个多钟头的自行车赶去门店，下班时间是下午一点半。在工作的九个钟头里，冯淑贞要不停地收拾、清洗餐具，给餐具消毒以及其他卫生保洁工作。尽管戴着橡胶手套，冯淑贞的双手还是被泡得肿胀，一碰就生疼，但好歹是份工作。更何况，小吃店给员工的午餐相当大手笔：一碗馄饨加一客小笼。冯淑贞回家会带上一碗生馄饨或一客冷的小笼，那是她省下来的。

宋晓艺没有跟冯淑贞讲她有多讨厌新丰小吃的馄饨和小笼包。扪心自问，新丰小吃的馄饨和小笼包是好吃的。特别是他家的小笼，皮薄料足，是本地人的心头好。但宋晓艺是吃怕了，那几年，她吃了多少冯淑贞省下来的小笼包和馄饨，她自己都数不清。起先，宋志刚还吃，但他很快就不吃了，就只剩她吃。她当然也知道冯淑贞的不易，冯淑贞要操心的已经够多了，可越是如此，她就越反感嘴里的这种食物。

好容易等到冯淑贞退休，辞掉了洗碗工的工作。但有天，餐桌上又出现了小笼包，是冯淑贞自己做的。怎么样？我这么多年也不是白干的。

小笼包冒着热气，宋晓艺偏过头，问，爸知道吗？冯淑贞做了个嘘的手势。宋志刚来杭州后便和农场的人断了联系。冯淑贞倒还有两个朋友，不过，一年难得碰一次面。

再听到黎薇消息是在几个月后，听说黎薇和那个汽车销售员离婚了。因为还在哺乳期，男方又狮子大开口，这事自然闹得沸沸扬扬。伴随黎薇离婚的另一则消息是黎介平的判决书终于下达，他被判了三年。

6

和郑瑶瑶熟了以后，宋晓艺发觉她私底下其实很能讲话。比方，她讲她老家的山不像这里，矮矮的，小小的。那是真正的大山，走路要走上三天三夜才能出来。又比方讲放牛，宋晓艺从没放过牛，尽管她没少见牛，但那是场部边上的村里的，和真的养是两回事。郑瑶瑶讲的时候偶尔会插入一两句方言，和学校里闷声不响、畏畏缩缩的她判若两人。

宋晓艺有次问郑瑶瑶想不想家。郑瑶瑶摇摇头，又点点头，说，想，想小豆子。宋晓艺这才知道郑瑶瑶还有个弟弟，他是郑瑶瑶母亲和一个叔叔生的。郑瑶瑶有好几个叔叔，她和小豆子就跟着母亲在不同的叔叔间辗转来辗转去。某天早晨，郑瑶瑶醒来，发现母亲不见了。她被送回了外婆家，之后又被送来父亲这里。宋晓艺本来认定了郑瑶瑶母亲是得了重病离世，等听完后反而不知该如何安慰郑瑶瑶。

秋末的一天，两人像往常一样放学回家。等走到小店门口，难得地没有看见唐妙瑛。宋晓艺走近，才发现柜台里面的郑天明，他穿条大裤衩躺在躺椅上，不太结实的小腿肚上长了一层密密的毛。躺椅下，阿黄正在打盹，听到响动声，它睁开眼，见是郑瑶瑶，又趴下了。

郑瑶瑶把木板门打开，指指后面的梯子，要宋晓艺过去。站在木梯底下往上看，那是个长方形的口子。郑瑶瑶像只瘦猴三两下上去了，宋晓艺只好伸手扶住木梯，小心翼翼地往上爬。

我们这样不要紧吗？等宋晓艺快要爬上阁楼，她问道。她倒不是怕自己会掉下来，而是怕被郑天明和唐妙瑛发现。郑瑶瑶半趴在口子旁说，我爸睡起来打雷都叫不醒，他昨晚值夜班。那唐阿姨呢？她去镇上看姐姐了，要很晚回来。郑瑶瑶说完，伸出一只手来拉宋晓艺。宋晓艺接过郑瑶瑶的手，用力往上一跃。

暗。首先是暗。整个阁楼只有一点光线，虽不是漆黑一片，但也好不了多少，更像是笼罩在一片混沌之中。等宋晓艺的眼睛逐渐适应，她随即发现这个阁楼相当低。顶部仅比宋晓艺高出一小截，换言之，郑天明和唐妙瑛必须弯下腰才不至于撞头。宋晓艺的右手边堆着一大堆东西：纸板、塑料瓶、甲鱼壳（唐妙瑛的小店兼收甲鱼壳）。左边铺着两张草席，一扇排气扇大小的窗开在草席上方，光线就从那里透进来。

郑瑶瑶熟练地爬到那堆东西旁翻找起来。借着窗外的光线，宋晓艺看到了一个饼干盒，盒里有两块泡泡糖，一根红头绳和一本薄的硬壳笔记本。郑瑶瑶递给宋晓艺一块草莓味的泡泡糖。想到这块泡泡糖是在刚才那堆垃圾里淘出来的，宋晓艺不想吃了。她接过，小心地擦了擦，放进裤兜。郑瑶瑶已经撕开包装纸，把泡泡糖放进嘴里，嚼了起来。很快，她就吹出一个大泡泡。

摇太阳

那是什么？宋晓艺瞅了眼那本笔记本。郑瑶瑶不好意思了，是歌词，我抄的。啊？你也抄歌词？宋晓艺过去和黎薇没少抄歌词，但她没想到郑瑶瑶也会抄。她还以为郑瑶瑶对此一无所知呢。宋晓艺翻了几页，发现本子里的歌大多过时了，还有一些是她以前没见过的。

郑瑶瑶把泡泡糖吐掉了，我给你唱首歌吧。宋晓艺过去没听过郑瑶瑶唱歌。通常，音乐课时，老师示范完便请个别同学唱，最后是全班齐唱。郑瑶瑶从不举手，难得的，老师叫到她，她在那杵上半天，也不哼一声。老师只好请黎薇示范。黎薇甜美的歌声在教室里飘荡开来，宋晓艺想起自己已经好久没去黎薇家了。她正想得出神，耳旁却传来一阵歌声，是支山歌，歌声不响，但因为在她耳边，所以听得分外真切。

宋晓艺震住了，她完全没想到郑瑶瑶会唱得那么好听。如果把黎薇的歌声比作一朵粉色的蔷薇，那么郑瑶瑶的歌声就像是纯白的雏菊，大片大片地开在原野上。粉蔷薇固然很美，但和成片的白雏菊一比便失彩了不少。

等郑瑶瑶唱完，宋晓艺还恍惚着。你唱得真好听。真的吗？郑瑶瑶似乎并不知道自己的歌声具有那样大的震撼力。这首歌叫什么？不晓得。郑瑶瑶舔舔嘴唇，是我妈那里学来的。有时我妈不在，小豆子哭，我就唱。

7

有一阵子，一到周末宋晓艺便和黎薇、郑瑶瑶骑车去长乐镇。黎薇的自行车是新的，大红的自行车配大红的背带裙、小皮鞋，看上去就像是某部电影里的特写镜头。宋晓艺的自行车是冯淑贞的，二十六寸，中间有根横档，骑起来很不方便。宋晓艺刚学骑车时，冯淑贞说让宋晓艺先用旧自行车练练手，等练好了再买新的，但等宋晓艺骑得烂熟，她也没给她买。

郑瑶瑶没有自行车，她总是小步跟在宋晓艺后头，看宋晓艺骑好了——宋晓艺双手把紧龙头，一只脚跨过横档，双脚踮地，再用力踩踏——轻轻往后座一跳。自行车猛晃了下，左摇右摆了会，终于稳当起来。

三人到了镇上便直奔唱片行，这是镇上新开的唱片行。整个唱片行不足八个平方，但却足以让她们兴奋了。她们在花花绿绿的磁带盒中穿梭着，瞅瞅这盒，又瞅瞅那盒，如果有可能，宋晓艺真希望能把整家唱片行买下来，可惜宋晓艺没钱。郑瑶瑶呢，跟在宋晓艺和黎薇的后面，又变回了学校的她，缩头缩脑，一声不响，她甚至都不敢用手摸一摸磁带。

宋晓艺不喜欢这样的郑瑶瑶，但黎薇不以为意。黎薇把一大摞她选出来的磁带放在宋晓艺和郑瑶瑶跟前，让她们选

（其实也就是宋晓艺选）。等选完后，她会买下一两盒，再带回家听。

黎薇是在冬天时主动和她们提出和好的。那天，宋晓艺去老师办公室交作业。等回来时却看到黎薇站在郑瑶瑶的座位旁。黎薇的一只脚踩在桌脚横档上，宋晓艺还当她要欺负郑瑶瑶，正想着如何回击，却被郑瑶瑶拦下了。黎薇她……想请我……去她家玩。郑瑶瑶说得磕磕巴巴。宋晓艺狐疑地看了黎薇一眼，听到黎薇说，你要是愿意的话，也一起来吧。

那个傍晚，郑瑶瑶是抓着宋晓艺的手踏进黎薇家的。黎薇照例拿出她的洋娃娃，还有那个酷炫的赛车轨道。当那辆红色的电动小汽车从三百六十度的过山车跑道上飞奔下来时，郑瑶瑶的整只手都在颤抖。黎薇把其中一只洋娃娃送给郑瑶瑶，她不知所措了，像孩子望着妈妈般等待宋晓艺的回答。宋晓艺当然晓得黎薇大方，但她没想到黎薇会这么大方，一时僵在那里。最后还是黎薇的一句话打破了僵局，你不收下就是不把我当朋友咯。

那以后，黎薇便顺理成章地和宋晓艺、郑瑶瑶玩在了一起。有时，她们会在放学后结伴去黎薇家，有时，则去唐妙瑛的小店。黎薇会在那里买上一包麦丽素又或者是咪咪虾条，和宋晓艺、郑瑶瑶分着吃。在黎薇的影响下，班里的同学又重新和宋晓艺恢复了来往。一切似乎风平浪静，但宋晓艺却隐约觉出了某些异样。过去，郑瑶瑶在学校虽然不爱讲话，但等放学和宋晓艺独处时，郑瑶瑶的嘴巴便会吧啦吧啦说个不停。如今，两人中间夹了个黎薇，郑瑶瑶又变得不大讲话了。郑瑶瑶总是看黎薇。郑瑶瑶斜着脑袋，抿紧嘴唇。再不，就是傻乎乎地笑。

要是没有那桩意外，也许郑瑶瑶就会这样一直沉默了。那天，宋晓艺她们在去小店时，恰好听到郑天明在叫郑瑶瑶。哦豁！郑瑶瑶脱口而出。第二天，黎薇要求郑瑶瑶再说一遍那句话。郑瑶瑶起初还以为自己犯了错，她扭捏着，老半天才说了遍，哦豁！哈哈，黎薇听到后笑得合不拢嘴，你老家的话也太搞笑了，以后你多讲点给我听。

你可以拒绝她的，宋晓艺气得话都讲不出来。她强忍着才没说出那两个字——小丑，黎薇是在把郑瑶瑶当小丑。但郑瑶瑶急了，她，她是我们的朋友啊。

8

宋晓艺曾希望黎薇和她们决裂，但黎薇显然无此打算。她也曾希望哪天郑瑶瑶顿悟，继而愤怒地扭头离开，但郑瑶瑶似乎十分享受她的处境。是的,当黎薇还有其他同学听着郑瑶瑶的方言哈哈大笑时,她也会跟着笑起来。郑瑶瑶的笑声时断时续,宋晓艺对此感到讶异、不解,可一想到郑瑶瑶的遭遇,她又心软了。

四月底,一年一度的"六一"文艺汇演开始排练。这是小学生涯里最后一次"六一"汇演。往年,黎薇都是节目主持人,但今年黎薇想要表演独唱,因此她早早推掉了主持人的任务,练习起来。想到可以和郑瑶瑶重回到两人的时光,宋晓艺不禁有些雀跃。但宋晓艺的高兴只持续了两周,两周后,黎薇邀请郑瑶瑶一起合唱,曲目也定好了,就是她们平时常听的《摇太阳》。

郑瑶瑶的傍晚变得忙碌起来,她总是放了学就往黎薇家跑,和黎薇一起一遍遍地练习发音,排练动作。起先,宋晓艺还去黎薇家观看,郑瑶瑶扭着腰,撅着屁股,学着黎薇的样子睁大眼睛,露出大大的眼白。郑瑶瑶的歌声虽然还动听,但整体看来实在别扭。

手!你的手不对!腰!腰应该往里收!还有这个调,应该再高点。郑瑶瑶唱的时候,黎薇在一旁不停地指正。黎薇的说话声里不时地穿插上几声咳嗽,宋晓艺听了,不免替她们捏把汗。黎薇当然也感觉到了,不久,黎薇以节目保密为由给宋晓艺下了逐客令。

宋晓艺虽然不再看她们的排练，但从黎薇越来越频繁的咳嗽和郑瑶瑶越来越浓的黑眼圈也能猜出个大概。有天，宋晓艺好心劝郑瑶瑶别太累了，谁晓得黎薇竟一下冲过来，拉起郑瑶瑶就走，黎薇的姿势像极了一只找不到出路的困兽。宋晓艺这才惊觉除了郑瑶瑶，她还该担心一下黎薇。

眼看离文艺汇演的日子只剩下三天，宋晓艺决定无论如何都要去黎薇家看看。黎薇家的大门虚掩，推开能看见门后的好几只大纸板箱，其中一只纸板箱没封牢，露出了一角，那是一大摞磁带。

宋晓艺后来也没找到黎薇和郑瑶瑶，也就在宋晓艺苦苦找寻黎薇他们的同时，有人来找郑天明。此人是从邻镇慕名前来的，破天荒般，郑天明遇上了对手，两人一时打得难解难分。郑天明好容易打出最后一杆，不出意外，那个标有"4"的红色台球将会直直滚入球洞中，但那个台球却在滚入球洞的前一秒停下了。它不是自然停下的，一只手握住了它，那只手将它在手心里转了圈，扔出去了。

唐妙瑛正在阁楼上，她听到"砰"的一声，便从楼上急巴巴跑下来。她还未开口就看到郑天明的整个领口被人揪住了，右脸颧骨处则多了一口唾沫。唐妙瑛本想要大叫的嘴收住了，她转身默默退到阁楼上，再下来时，手里多了一块毛巾。

9

场部传言，郑天明惹毛黎介平是缘于他私下散布一则消息：黎介平偷卖厂里的设备。传言的可信度不高，一来，黎介平乃堂堂茶厂副厂长，他若是真想要以权谋私，又何须用这种下三滥的手段；二来，郑天明是出了名的老实巴交，天大的事到了他那里，都挤不出半个字来，他又怎么可能到处乱传？但黎介平不可能无缘无故朝郑天明吐口水，再加上那几天恰好是郑天明值夜班，所以事情越发扑朔迷离。

不管怎样，郑天明像是消失了。人们看到唐妙瑛一个人进货，一个人搬货，一个人站在柜台里或者空荡荡的台球桌旁。一个月以后，有人瞧见唐妙瑛关了店门，只身一人去了茶厂副厂长办公室。黎介平正在抽烟，唐妙瑛敲门进去后，也不关门，门便一直开着。谁也不知道唐妙瑛到底和黎介平说了什么，她的讲话声很轻。有人路过副厂长办公室，只看到老板椅对面唐妙瑛瘦小而挺拔的背影。

不久，郑天明被调去场部大楼当保安。然而，郑天明却越发怪异了。通常，保安都愿意值白班，可郑天明却自愿和人调换，扛下了所有的夜班。白天，他总是猫在阁楼上。人们再也没看见他帮忙照看小店，更不用说像过去那样潇洒地挥杆入球。农场好多人都见过唐妙瑛端着满满一碗饭爬上木梯，再端着几乎没怎么动过饭碗下来。

某晚，场部大楼那间小小的传达室里多了一个人，那是茶厂保安吴荣发。吴荣发比郑天明小一岁，平日里称郑天明为哥。郑天明调来场部大楼后就没再和吴荣发联系。恰好那晚吴荣发老婆不在，吴荣发便拎着两瓶酒去找郑天明。

据吴荣发说，郑天明开始还小口小口地喔着，后来敞开了。郑天明喝多了便开始叫阿黄，阿黄蹲在传达室外，听到主人的召唤，欢跑进来。郑天明锁上门，从抽屉里拿出一个很粗的黑项圈，他把项圈放在背后，轻走到阿黄旁。阿黄刚开始还没反应，它晃着那截断尾想要往郑天明身上蹭，但等它看到那圈银晃晃的铆钉，忽地明白过来，撒开腿便朝门那边跑。

别怕，马上就舒服了。郑天明边说边挡在门前面。阿黄像是预感到什么，嚎叫起来。阿黄的嚎叫声既凶猛又凄惨，吴荣发还从来没有看见过这样的阿黄。哥，要不今天算了吧。他试着劝郑天明。但郑天明哪里听得进？

郑天明最终被阿黄咬了一口。吴荣发被咬的更多，他是帮郑天明挡阿黄时被咬的。不消说，阿黄发狂了。但真正叫人们战栗的并不是阿黄。第二天清晨，人们看到郑天明从传达室走出来，手里还拖着样东西。那东西已经面目全非，但人们仍能从它血淋淋的身体以及郑天明手中的半截尾巴猜出一二。奇怪的是，郑天明的背却像是挺直了。反正，农场很多人都说见到挺直了背的郑天明拖着那东西从传达室一路经过菜市场、小店，再到达黎介平的家。

宋晓艺知道这件事是在几天以后。原杭州知青子女回杭落户的文件下来后，所有人都铆足了劲把子女迁回杭州。冯淑贞已经到了退养的年龄，跟去照顾宋晓艺自不成问题，但宋志刚的年纪还没到。就在大伙儿以为宋志刚会继续留在国营商店直至退休时，他却辞职了。

宋晓艺刚回杭州时还见过宋志刚想要大干一场的样子。每天清晨，宋志刚都信心满满地去找工作。可正是下岗潮，到处都在裁人，谁又会要一个濒临倒闭的前农场国营商店副经理呢？好容易找了份送牛奶的工作，偏又不肯去。

如此在家待了两年，等第三年，他终于找到了一份工作——仓库保管员。仓库地处郊区，值班时要在那里过夜，宋志刚就是从那时候变得古怪的。他和农场的朋友全断了联系，难得休息在家，也不待在家里。他总是很忙，等回家后，也不说话，只闷声背着手进房间。

有天夜里，宋晓艺起来上厕所，发现餐桌旁多了团黑影。一开灯，却是宋志刚。宋志刚披着件外套，一动不动地坐在那里。他是过了好久才发现宋晓艺的，又极不自然地往后缩了缩脖子，也就是这一缩，让宋晓艺一下联想起了郑天明，原本含在嘴边的那个"爸"便再也没能叫出口。

10

冷菜端上来了，红枣、海蜇、鸭舌、酱鸭、白切鸡统统被装在大盘子里。手机振动了下，宋晓艺退出朋友圈，看到冯淑贞问她下个礼拜六总不用加班了吧。嗯，宋晓艺的指尖在屏幕上停顿了几秒，又删掉了。

宋晓艺念大学那会，冯淑贞立下规矩，好好读书，不准谈恋爱。冯淑贞本来打算让宋晓艺找到一份好工作后再谈，谁承想等宋晓艺硕士毕业，找男朋友却犯了难。该介绍的都介绍了，该相的亲也都相了，可不是这里不合适就是那里不适合。

按说宋晓艺长的还算可以，工作又好，但问题在于她好像很难把自己放置于这样的情境中。一来二去，就给别人留下了不好接近的印象。在宋晓艺漫长的相亲史中，只有一次还算有点眉目。那个男人是在外地工作的，两人第一次见面，对方问起她的工作是不是很轻松。她笑笑，不置可否。几乎所有人都这样看心电图室医生，她都习惯了。如此异地处了半年，某天，男人忽地跟她提出分手，她先是感到错愕，继而感到一阵轻松。

没错！不是难过，而是轻松。这并不代表她没付出过感情，但那仅仅只是程式化的感情而已。恋爱、婚姻于她而言多一分不多，少一分不少。相亲越多，她越发觉那些人面目模糊，似乎和哪一个都可以结婚；反之，也就是和谁都没有必须结婚的理由。所以，她很难理解有人因为分手哭得惊天动地、死去活来，那更像是炮制的狗血电视剧。再往后，年龄既长，她也就越发懒得相亲，那些目光让她觉得自己就像是晚间菜市场里被挑剩的蔬菜。

脚下似乎有什么东西在挪动。她掀开塑料桌布，一看，原来是刚刚那个女孩。女孩头发卷曲，她在桌子底下爬了一圈，又钻到隔壁那桌去了。

这小囡虽然没了妈，总算还有个小姨。宋晓艺左边是个四十来岁的女人。我看难说，又不是亲姐妹。说话的是另一个女人。听说女方老早就看上男方了，只不过男方一直看不上她。那现在怎么又？还不是为了这个。第二个女人用大拇指搓了下食指和中指。他家老太太不是女儿死前就风瘫了嘛。好在以前做点生意，手里还有点钱。等女儿死后，她也不肯跟女婿住，搬回到这里。要我说，老太太的脑筋还是清爽的。由女儿照顾总比女婿靠谱点。你没看到老太太刚来时她那巴结样——虽说后来照顾得也就那样，但你换女婿试试？只是可怜了那点钱哟，到头来还是进了女婿的口袋，不过话说回来，小囡没了妈，靠老头子带到底不行。真要找个后妈，说不定还不如她……

郑天明死后，郑瑶瑶外婆没有像前一次把郑瑶瑶接回去。唐妙瑛抚养郑瑶瑶到初中毕业，她没再继续念书。不久，唐妙瑛女儿嫁到另一个镇上，唐妙瑛便将小店盘了，搬了过去。郑瑶瑶没有跟过去，她在镇上的几家工厂轮番打工。这么说，唐妙瑛将自己的积蓄全给了郑瑶瑶？宋晓艺弄不清楚。

囡囡，囡囡。先前的老头朝这里走来了。女人们交换了眼色，指着隔壁的桌子底下，道，在那里。又连声道，恭喜啊。恭喜。老头笑呵呵地谢过，走开了。

宋晓艺仍旧坐在黎薇的那桌。知道郑天明被打后，宋晓艺以为郑瑶瑶肯定不和黎薇合唱了。然而，郑瑶瑶却像什么都没发生过似的。下了课就往黎薇身边跑,她甚至都没有给宋晓艺讲话的机会。

总算等到文艺汇演的日子,全校学生一股脑儿地挤在礼堂里。这个礼堂平时是场部开大会用的,平时很少用。宋晓艺被安排在第六排,从她所在的座位往上望,可以看到一块巨大的红色幕布正徐徐拉开。她神经紧绷,终于听到熟悉的三个字——摇太阳。她坐得板正,脖子伸长,等待黎薇和郑瑶瑶出场,但主持人报幕时并没有念到郑瑶瑶。黎薇穿一条大红的背带裙上场了,她在舞台中央站定,露出标志性的微笑。前奏响起来了,接着是歌声,自然而质朴。

11

宋晓艺忘了自己是如何听完整首歌的。等表演一结束,她就借口上厕所跑去后台。后台乱得要命,下一个节目是集体舞。她在一群黄的毛茸茸的"鸭子"间穿梭着,终于,她看见郑瑶瑶了。她坐在一块木板上,擦额头上的汗。黎薇坐在郑瑶瑶左边喝水,她才喝了口便呛出来了。咳咳咳,她一连咳了好几声,止都止不住。

你不觉得你太过分了吗?黎薇费力地吸了口气,什么?

宋晓艺的脸憋红了，我说，你不觉得你太过分了吗？歌是瑶瑶唱的。你自己上台也就罢了，还不让她上台。黎薇剧烈地咳嗽起来，你以为是我不让她上去？这也太好笑了。如果不是因为咳嗽，你以为我需要她来帮我？再说，她缓了口气，又不是我不让她登台，是她自己不愿意上去的，不信你问她？

那是因为她怕你，所以才说不想上台。宋晓艺！黎薇的眼睛瞪大了，你也太自以为是了吧。你凭什么认为是我不让她上台。是，今天的歌是她唱的，可我从来没说过不让她上台。是她自己说上台紧张，怕把演出搞砸了。好，就算真是我不让她上台，那么你呢？你又充什么好人？黎薇从地上爬起来了，你口口声声说是她的朋友，可你知道她喜欢什么吗？想要什么吗？她一直都喜欢你的那只绵羊，可是你呢，你有关心过她吗？有想过送给她吗？你连你家都只让她去了一次！

那是她们最后一次聚集。小学毕业后，黎薇去了余杭的一所初中上学。黎薇高一时，黎介平离婚，和茶厂的会计结了婚。偶尔，也有人会想起郑天明。郑天明的死说起来颇为不可思议。他把阿黄扔在黎介平家门口那会，黎介平早搬走了，他当上场长后，在余杭买了一套新居。几天后，郑天明发烧,唐妙瑛想要带他去看医生,但他死活不肯。如此拖了几天,他重新回了自己的集体宿舍。再出来时,他成了一具尸体,他是被人抬出来的。

手机振动了下,不用看,肯定是冯淑贞发来的。宋晓艺周末加班是常事,不过,好多次不加班的时候,她也和冯淑贞说要加班。她会开车到医院附近的美容店,找一个按摩师做上两小时的按摩。通常,按摩师会问她力道可不可以?想要怎样服务?她会告诉她,她想怎么都可以,只要不再和她说话。四周终于安静了,她翻过身子,任由按摩师的手捏过她赤裸的肋骨、胸部,就像那些在她面前敞开的病人一样。

那天,黎薇质疑她的时候,她的舌头像是打了结,怎么都解释不清楚。她多希望于郑瑶瑶能站出来,证明黎薇说的是错的——她绝不是黎薇说的那样。她怎么可能是那样——然而郑瑶瑶只是低着头,一个劲地抠手指。后来,她总算把头抬起来,她看到了她杏仁样的眼白。晓艺,你误会薇薇了……是我……真的是我自己……不想上去。

她无法接受黎薇的指责,更无法接受那样的郑瑶瑶。她成了另一个人,同原先的自己渐行渐远。但或许,那也不是她改变的真正原因。就像小时候,她总以为心脏才是思考的器官,等到长大学了心电学,她才明白,哪怕是再先进的仪器也不过是客观记录下更多次的心电信号。但那只是器质性的研究，它永远都无法触及人和人之间的某种真相。

手机又振动了下，不用看，肯定又是冯淑贞发来的。黎薇还没有来。她怀疑黎薇根本就不会来。音乐响起来了。恍惚间，她以为是《摇太阳》，但并不是，那是首过气的流行歌曲。抬眼处，她看见郑瑶瑶拖着长拖尾的婚纱向她走来。

04 仓鼠

1

最先发现那些家伙的是源源。当时,郝丽正牵着源源的手往瑞克英语赶,忽听得他喊,妈妈,快看,那里有老鼠。郝丽停住脚,扭头一看,看到了一个长方形的玻璃柜,中间被隔成许多个小间,在原木色背景的映衬下,显得相当高级。不过,尽管离得不近,郝丽也能一眼确定那不是老鼠,而是只仓鼠,灰白相间,很是肥硕。

那是仓鼠,郝丽说。仓鼠?源源的眼睛瞪圆了,露出好奇的神色。郝丽却不耐烦了,快走吧,不然就要迟到了。说着，拽起源源的手就走。

这是万泰大厦最南的区域，通常，郝丽会把车停在大厦地下车库的北区，再坐直达电梯上到四楼。不过昨天，车子出了点故障，他俩从地铁口出来，走了一大圈才到南门。

果真，到达瑞克英语时离上课只剩一分钟了。前台的老师一手拿着额温计，一手拿一瓶免洗洗手液给源源量体温、洗手，又急忙领他去教室。等源源终于消失在她的视线，她绷紧的神经才稍许放松下来。

每周三、周日晚上，郝丽都要陪源源到瑞克英语来。瑞克英语的学习时间是两小时。她常常在三楼的服饰部逛上一圈，再到一楼的星巴克点杯咖啡打发余下的时间。这座综合体大厦地处黄金地段，可谓全方位满足她的需求。当然，也不是没有缺点——东西太贵。

就拿瑞克英语来说吧。确定来这里之前，郝丽前前后后跑了不下八家机构查看周围环境、上试听课。价格自然是重要的，但老师的口语是否标准，对孩子是否有爱心，还有机构的口碑亦是她考察的对象。A机构的优惠力度倒是大，可那外教老师翻来覆去就那么两句话，试听课尚且如此，又能指望学到什么？B机构感觉不错，可惜离家太远。考量来考量去，还是选了这家。

仓鼠　　181

她将滑落的双肩包往上提了提,准备去星巴克小憩一会儿,下楼时却不知怎的想起那只仓鼠。小学二年级时,家里曾养过一群鸭子,那群小鸭子嫩黄嫩黄的,毛茸茸地挤在一只纸板箱里。那阵子,郝丽每天放学回家后的第一件事就是看这些鸭子,她是那样喜欢小鸭子,以至于它们长大后,她变得惊讶、愤怒,根本不能接受——湿的灰白的脏兮兮的毛,每走一步便一撅一撅的肥大的屁股。奇怪的是,这些变化仿佛是一夜之间发生的。否则,她又怎么会察觉不到端倪?

郝丽其实忘了,那确实是有端倪的。最初是它们变大的个头,原先的纸板箱已容不下它们,母亲给它们划了块空地,由着它们在那块空地上撒野。它们身上的黄色慢慢褪去,露出一点不纯的白色。她背书包经过那块空地时还踩过鸭粪,但由于那时变化还不明显,所以未能引起她的关注。等到她发现时,它们已然变得无可救药。她心痛地望着这群鸭子,听到母亲说,今年的鸭子好,再过几天就能宰了做酱鸭了。

她后来也没吃那批酱鸭,并不是出于怜悯,相反,那是失望。再后来,她去了县里的中学念书,又考上大学,留在了杭城,她再也没有养过宠物。

她都走到那个玻璃柜前了,才发觉那其实是两只仓鼠。一只躲在另一只仓鼠的后头,从刚刚的位置看去正好被挡住。它缩成一个球，将自己掩在木屑底下，露出浅棕色的头和半截白的身子。从它规律地微微起伏的身体，她推断它在睡觉。

有人拍了下她的肩膀，她一扭头，原来是姚亚军。好久不见，姚亚军笑道。她也笑了，姚队长，这么巧。是啊，真是太巧了。

2

站在庆春路的十字路口往北望，可以看到一块巨大的招牌：润友超市。这是本地的大型连锁超市，最红火的时候，在市区有十几家连锁店。八年前，郝丽大学毕业，在润友超市总店做助理。工作不久后，总店率先实行超市商场一体化。一楼、二楼是传统的超市，主打生鲜、蔬菜、水果、保健品等，三楼、四楼则装修成了百货商场的模式，主营服饰、鞋类。

不过，气派归气派，超市装修验收前却遇到一点麻烦。原来超市防火墙和几处通道临时有变动，却没报批，验收后，消防队要求整改。按说郝丽作为一个新人，和此事八竿子打不着边。但郝丽来这家超市是她堂哥介绍的，她堂哥和超市的李副经理是高中同学，许是为了锻炼、提携她，总之，她被拉进了那场饭局。

郝丽所在的是一间古色古香的房间，中央摆着张老大的圆桌，桌上盖块台布。李副经理掀开台布一角，台布下是层钢化玻璃。看到没，李副经理点点钢化玻璃，这可是货真价实的古董。今天要不是严局长，我们哪知道还有这么好的地儿。郝丽这才看清原来钢化玻璃底下是张红木桌子。

严局长脸长，瘦，乍一看有股清苦相。不过一旦他开起口来，眉毛上扬，和不说话时判若两人。此人是西湖区旅游局局长，他甚至都没朝李副经理掀开的桌布下望一眼，便在一张椅子上坐下。想当年，胡雪岩就是在这间屋子里，这张桌子上宴请的宾客啊。严局长这么一讲，众人纷纷赞叹不已。

郝丽站在众人后边，这是她第二次来胡雪岩故居。大二那年，她曾和几个同学来过这里。要说杭城最有名的除了西湖便是河坊街，自本世纪初河坊街开街以来，每天都有一车车的旅游大巴开往那里。河坊街上的胡庆余堂就是胡雪岩筹建的，虽然胡雪岩家道中落，但这家老字号药铺却保留了下来。

胡雪岩故居就在胡庆余堂边上。郝丽一行人穿过幽深的曲径，到达芝园。正午的太阳直直地照在一汪幽绿的池水上，泛出粼粼波光。水池中央有一座曲桥，曲桥过去是一组假山，山内设有一个溶洞，上边是荟锦堂和影怜院。郝丽之所以记得这么清楚，是因为这荟锦堂是芝园内的最高点。据说，过去站立在荟锦堂，便可将整个杭城的景色尽收眼底。荟锦堂对岸就是延碧堂，延碧堂共两层，一楼大门处围了半人高的围栏，游客不得入内。

郝丽现在就在延碧堂内，服务员穿一身青花瓷图案的旗袍走过来，问李副经理什么时候可以上菜。再等会，李副经理说完，凑近严局长，多谢严局长赏脸，让我们吃上这顿"胡家家宴"。

你我之间就不要搞这套了嘛，今天的重点是姚队长，要不是他，我也不知道这里。不过，你们也真是的，怎么能这么不上心？是……是，李副经理赔笑道，这不是少了严局您的指点嘛。严局长摆摆手，半年前，某超市的消防检查没通过，消防大队责令超市整改并罚款五万元。队里找了超市经理商量，说是只要缴纳少量的特殊费用，就可以免去这笔罚款。你猜怎么着？人家只肯缴罚款，但就是不肯缴那笔特殊费用，最后呢，硬生生罚了五万。

李副经理带头笑起来，严局长也笑。好笑吧！不过人家那是外企，发票上只要注明罚款，五万、十万都行，但你写特殊费用就不行，人家老外不认。我说这事什么意思呢？人家老外认死理，转不过弯来，你们怎么也转不过来？哎，这事怪我。李副经理摸了下后脑勺，是我把这事交代给底下后，没抓紧落实。

正说着，服务员引着一个人进来了。此人穿身军装，前额的头发被剃平了，露出一个光脑门。姚队长，你可算来了啊！严局长第一个起身迎接。严局长，好久不见。姚亚军和严局长握手，又被引到主桌坐下。

那顿饭郝丽自然吃得不自在。幸而饭后，李副经理提议让讲解员带着大家到园子里转转。郝丽先前来的那次没请讲解员，此刻，在夜色的包裹下，整座故居显示出一种特有的神秘感，廊上的红灯笼发出影影绰绰的光。

她跟在队伍后边，也不知走了多久，讲解员指着一间屋子道，这是和乐堂，刚刚我和大家说过，胡雪岩的原配夫人住在百狮楼，掌握实权的罗四夫人住在载福堂，这里呢，就是余下的姨太太住的，也可以说是她们的集体宿舍。讲解员顿了顿，又说，现在太暗，要是大家白天来，还可以看到胡雪岩为了方便与十二房姨太太联系而安装的电话。跟我们今天的电话不同，它是由铜管传声，称为德律风。大家可别小看这德律风，当时只有军舰或大型游船上才有，是绝对的稀罕物。

人群中爆发出一阵惊叹。不知谁嘟囔了句，有十二房姨太太，难；能平衡十二房姨太太的关系，更难。正所谓驭妻有术嘛。李副经理这么一讲，众人便笑了起来。

郝丽没有笑，她的脸在他们的笑声中有些发烫。这时，她发现还有一个人也没有笑，那人始终闭着嘴，红灯笼照在他的军装上，呈现出一种朦胧而又奇异的色彩。

3

她后来才明白姚亚军不笑的原因。两个月后，堂哥请李副经理吃饭，叫上她和另外几个高中同学。一桌老同学，自是没了拘束，几个人像是约好似的频频向李副经理敬酒。堂哥喝得脖子都红了，仍拿起酒杯，说真的，我们这帮同学里我谁都不服，就服李苏南。当初要钱没钱，要人没人，硬是从促销员做到了今天这个位置。我提议我们再敬他一杯。

李副经理明显也喝多了。我那是没那个命，但凡家里有人，谁还会做苦逼的推销员啊。

说到这个，前阵子我们超市不是来了区消防大队的队长嘛，原来这个大队长是靠他老丈人上位的。听说他老婆长得那叫惨不忍睹，所以，别看他在外头耀武扬威的，回家还得看他老婆的脸色。堂哥说。

也难说，李副经理嘿嘿笑了两声，现在流行家里红旗不倒，外面彩旗飘飘。郝丽正随大伙举杯，听见这话杯里的酒差点翻出来。

胡家家宴后，郝丽还见过姚亚军一次。那日，郝丽痛经，和领导请完假，从超市大门出来往右拐时，听到一声喇叭。一看，却是姚亚军，他开着一辆黑色大众，牌照上印有红色的"WJ"，问她去哪？换做平常，她肯定回绝了。但那天她实在痛得厉害，一手捂住肚子，一手拉开车门，坐了上去。

车上放着一首老歌，她整个儿斜倚在副驾驶座上，感觉稍微舒服了些。前方是个十字路口，他把车往右拐进一条马路，又靠边停下。等我一下。没等她反应，他已经跑出去了，回来时，手里多了一杯热饮。

那杯热饮使得他们之间的关系拉近了些。沉默了会儿，他问，你工作多久了？三个月。哦，他若有所思地说。她琢磨他可能在想她何以能参加那次饭局，本想解释，但说出口的却是另一番。我大学念的工商管理，正好专业对口，毕业就来了这里。哦。又是一声哦。两人再次陷入沉默，不过，这沉默和刚刚的沉默到底不同了。

大学毕业后好长一段时间，丁骁都没找到工作。也不是找不到，好公司不容易进，差一点的呢，他又不愿去。同窗四年，恋爱两年，在这个节骨眼上却分外脆弱。特别是堂哥帮她打点进润友超市后，他怎么看她都不顺眼。兜兜转转总算进了一家广州的外企，又离得太远。好几次她电话过去，他不是说忙就是说累，匆匆几句便把电话挂了。

我没读过大学，姚亚军打断她的思绪，初中毕业，我就当兵了。最早，在前边那条路上的消防支队工作。要去火灾现场吗？嗯。有次，我们赶去救火，人是被救出来了，不过，我的一个同事却因此殉职了。

不好意思。一时间，她想不出别的安慰的话。没什么，姚亚军道，和我一起来的战友全都退伍了，只剩我一人留在这里。

4

刚刚和姚亚军互加了微信，又独自去星巴克坐了会，手机屏幕上跳动的数字提醒她快下课了。瑞克英语的门口早排起了一条队伍，她随着队伍慢慢移动，直至看到了源源。源源低着头，躲在乔安娜老师后边。

杰克妈妈，乔安娜老师把郝丽叫到一边，杰克今天上课一直不在状态。几次叫他回答问题，他都回答错了。源源，郝丽一直不习惯叫源源的英文名，你怎么了？源源往乔安娜老师身后又退了一步，也不回答。源源，我在问你话呢！杰克妈妈，你先别生气，孩子状态有起伏也很正常。这样吧，回家后，你再好好跟他谈谈。

到了楼下，她才发现外面下起了雨。电梯口堵满了人，她没有带伞，赶忙掏出手机打车。滴滴打车显示前面还有十二个人，她心里憋着股火。瑞克英语一个阶段的费用是二万八，折算到每次相当于三百五十多块，这还不算上来回的油钱，她等源源的咖啡钱，再加上周六上午的跆拳道，下午的尤克里里，周日早上的儿童画……一年下来是笔不小的数字。

但这并不是最叫她揪心的。多少次，她和源源学好儿童画，从青少年发展中心出来，总能看到一溜儿的凳子。有的是发展中心的，还有的则是家长自带的小凳。所有凳子上摆满外卖盒，家长和孩子们就蹲在地上吃。她看着他们，有种说不出的悲哀，为他们，也为源源和自己。

回家和丁骁说起，丁骁却不以为然。你要烦，干脆就别读了。对于源源上培训班，丁骁从来都是事不关己高高挂起。

不读怎么行？看看我们周围认识的哪个不给孩子报培训班？我这还算少的。

那你又嫌烦。

她被丁骁气得不打一处来，偏偏源源还不争气。

妈妈，我们还要等多久？源源轻轻拉了一下她的衣角。她知道他是在试探她，没好气地回道，我怎么知道？源源只好茫然地盯着外面的雨，又时不时地回头张望一下。

不过话说回来，源源虽然偶尔淘气、不听话，但有时又懂事得要命。

半年前，小区外新开了一家烘焙店。每次散步，他们都会经过那里。源源会趴在柜台前，看上老半天，再指着其中一块蛋糕，说，妈妈，这个蛋糕好看。她是后来才反应过来，源源其实是想吃那块蛋糕。但他不明说，也从不像有些孩子那般大哭大闹。

想到这里，她不免又心疼起来。她本想回家再和源源好好谈谈，这会却蹲下身子。妈妈希望你明白你到这里不是来玩，是为了学习。源源的眼睛水汪汪的，他强忍住眼泪，点了下头。你能告诉妈妈，你今天到底怎么了？这回，源源终于没忍住，哇的一声哭了出来。

5

到家已经二十一点四十五分,比平时整整晚了半个多钟头。丁骁在书房里看电脑。二十分钟前,郝丽和他微信,说才打到车。早知道这样,还不如你来接我们。我怎么知道我加班都结束了,你才打上车。不过,我真要掉头来接你,肯定还是打车快。她没搭理他,快速给源源洗脸、洗脚,等全部安顿好,源源睡下已是二十二点。

你知道你儿子今天上英语课在干嘛?从源源卧室出来,她换上一套家居服。丁骁的眼睛仍停留在网页上,他在看NBA的视频。干嘛?他在想仓鼠。仓鼠?对,今天我们去瑞克英语时路过一家宠物店,里面有仓鼠。小孩子嘛,喜欢小动物也正常,我们小时候还到处打鸟、抓小鱼呢。丁骁的声音混合着解说员的声音。喜欢归喜欢,但也不能影响上课啊!再说,现在的孩子和我们小时候能一样吗?

丁骁不响了,每次郝丽喉咙一响,他总会适时地闭嘴。因此,他们多半也就吵不起来。从表面上看,是郝丽赢了,但实际上,丁骁不过是做甩手掌柜,那些问题最终还得靠她解决。

源源出生的头两年,婆婆曾从老家赶来帮忙过一阵。从喂养方式到卫生习惯再到育儿理念，前后不知道怄了多少气。郝丽母亲当然好多了，但她身体又不好。好容易等源源大一点，郝丽咬咬牙，坚持让源源进托班。郝丽父亲白天帮忙接送，婆婆没了留下来的理由。但下班回家她还得烧菜、洗衣服、搞卫生、管源源。

她也不是没想过叫丁骁帮忙，可丁骁的帮还不如不帮。叫他帮着看下源源，结果源源直接从床上掉下来；叫他喂源源吃饭，结果源源吃得满桌子、满地都是。等源源上了一年级，她更是样样事情亲力亲为，辅导功课，检查书包……有次，她发烧，让丁骁临时管下源源的作业，第二天就收到老师发来的微信，说孩子的回执没带。

她和丁骁埋怨几声，结果还遭他的反驳。你就是平时管得太多，你让他自己整理，忘记一次就被老师批评一次，你看他还敢不敢再忘？丁骁言之凿凿，但有一个月，她让源源自己检查作业，整理书包，结果是源源三天两头忘带东西，被老师点名批评不知多少次。

不是我管得太多，是源源没达到那个能力。没能力就得让他变成有能力。你说得轻松，那你来管？我管就我管。说了半天，等于白说。因为丁骁的管就是不管，但丁骁可以不在乎老师的批评，不在乎源源是否因此没自信，她却不行。

到头来，这事还得她操心。

丁骁还在看网页。她躺进被窝的时候，忽然想到姚亚军。如果当初没发生那件事，她没有辞职，现在过的会不会是不一样的生活？那段时间——她把头发拢到枕头后，她工作上的表现堪称亮眼，就在大家满以为她再干上几年便能得到晋升时，她却辞了职，重新找了份工作。

隔壁房间似乎传来一声响动，她急忙爬起，去看源源。源源睡得正熟，一只小脚丫横伸到了被子外。她帮他把被子盖好，压实。

刚和源源分开睡那会，她一个晚上不知要起来多少次。担心他踢被子，睡不好，更要命的是他还老嚷嚷着哭。你是男子汉，怎么能哭呢？她鼓励他，但没用，源源赖在她怀里，怎么都不肯一个人睡。后来他总算哭累，睡着了，她将他轻轻抱到隔壁的单人床上，自己却怎么都睡不着了。

6

一连几个星期，郝丽去万泰大厦都会看那对仓鼠。那只半白半棕的总是蜷在角落里，它仿佛得了嗜睡症，怎么都睡不够。灰色的那只则在一个劲地踩跑轮，咖啡色的跑轮飞快地转动起来。它就这样踩着，直到十分钟后，它从跑轮上跳下去吃饲料。饲料盒就摆在棕色仓鼠旁边，但灰色仓鼠就跟没看见似的，自顾自吃起来。

营业员走过来了说，这仓鼠很好养的。她又指指边上的玻璃柜，或者你看看这些兔子。她摇摇头，从玻璃柜前走开了。

那次巧遇后，她再没碰到过姚亚军。偶尔发几条朋友圈，倒是能看到他点赞。"痛经"事件后，姚亚军还来过几次润友超市。每次，李副经理都会让她一起跟着。大概因为知道他老婆的事，她和他始终保持一定距离。他呢，也不在意。他们最后一次见面是在超市顺利验收后，她和李副经理一起陪他吃饭。

那事，如今想来仍如同做梦一般。在那事发生以前，一切都无比正常。她记得吃完饭已经将近二十三点，李副经理坚持要送她回家，代驾迟迟没有到。他们坐在车子后排，忽然，李副经理的身子往她这边移了移，紧接着，毫无预兆的，他吻了她。

她应该反抗的，至少应该大叫，但她没有。她的脑子一阵轰鸣，身体根本无法动弹。出于某种原因（她既没有迎合，亦无反抗，她自己也解释不了），她就那么任由他吻着她。

手机铃声响起来了。她一惊,原来是堂哥打电话来,要她周日去他家聚聚。哥,你们聚吧,我还要送源源上培训班呢。培训班结束来也来得及,堂哥说,难得大家聚一次,你去年也没来。她有点急了,不好意思,我还是等空了再来吧。

挂了电话,她总算舒坦了些。尽管堂哥没提李副经理,但鬼知道会不会再碰到他。前年,她带着源源才进堂哥家,就看到了李副经理,他已是润友超市的总店经理了。这两年,润友超市的连锁店急遽减少,但总店的影响还在。李经理见了她也不避讳,笑着跟她打招呼。又摸了摸源源的头,说,你今年几岁了?

她浑身起一阵鸡皮疙瘩。等源源回答完,她将源源拉开,坐到客厅靠窗的沙发上,脑子里却全都是那晚。他恼火地接通代驾的电话,挂断,再轻舔了下她的鼻尖。

7

出门前,郝丽特意化了个淡妆,又往脖子处洒了点香水。不就是去你堂哥那,至于这么夸张吗?丁骁说。她懒得理他,只点点电脑桌前的便签,意思是别忘记上面的事。

便签上详细列了今天一天源源要做的事。

早上九点半：儿童画。

十一点半：喝水。

十二点：吃饭（注：选择干净的餐馆）。

十三点：睡午觉。

十四点：完成语数自主练习。

十五点：吃水果（注：水果已经洗好，放在厨房台板上）。

十六点：练习尤克里里。

十七点：吃晚饭，去瑞克英语。

堂哥电话来的第二天，郝丽和丁骁说因为源源上培训班，所以堂哥的聚会她就不去了。这次不去，以后也可以去嘛。丁骁这么一讲，她的气上来了，什么叫以后？她也不管刚刚说的不去，坚持让丁骁送源源。

源源跑过来了。妈妈，我想和你去舅舅家。源源，妈妈不是和你说好了，妈妈有事，你乖乖跟爸爸去上课。不要，源源边说边抱住了她，我想和你一起。

源源！她懊恼地看了丁骁一眼，丁骁总算有了反应。源源，过来，你妈还有事。不嘛！我就要妈妈。丁骁摊了摊手，表示他也没办法。她心里涌起一股无名火。你就不能听话点？源源愣了一下，不再坚持了，眼里却满是委屈。

仓鼠

她有点后悔,但仍是拎起皮包。源源,你听话。妈妈晚上来接你。讲完后,她告诉自己无论如何不能心软。

车子在4S店还没修好,她打了一辆车。到云和咖啡馆的时候,姚亚军已经在了。上次匆匆一瞥,她没来得及仔细看,这次的近距离观察使得她发现他几乎没怎么变,同样扁圆的脸,同样标志性的光脑门。这光脑门八年前看上去还有点违和,但眼下看上去却格外和谐。

真没想到,这么多年后还会碰到。是啊。那天,她和丁骁吵完架,给姚亚军发了条微信。周日有空吗?一起吃个饭。很快,她收到回复,好。

服务员拿着餐单过来了。喝点什么?姚亚军问。她出门时吃了面包和牛奶,并不饿,不过还是说,美式咖啡。两杯美式咖啡。姚亚军点完后说,我后来还去过润友超市,不过,没看见你。听他们说,你辞职了。是啊,不喜欢就辞了。怪不得,佩服你的勇气,不是所有人都能像你这样不喜欢就换工作的。我现在做的也不是我喜欢的。啊?我在一家公司做文职,到点上下班,不用加班应酬,就是图个轻松,让你失望了吧。那倒没有,其实有几个人能从事自己喜欢的职业?你呢?我?还不是老样子,都做了那么多年了,那点事闭着眼睛都会。

她忍不住噗嗤笑出声来。别笑,我说真的。美式咖啡上来了,姚亚军喝一口咖啡,继续道,喝这个咖啡让我想起当时给你买的饮料,好像叫蜜桃沁饮。我还特意提醒营业员得是热的。她没想到他还记得饮料的名字,不禁有些感动。又听到他说,这样说起来,我们已经是第二次巧遇了。是啊,那次真的多谢你了。要不是你,我还不知道怎么回家呢。肚子又痛,其实我后来有几次路过那家店,还下车去买过东西,可惜一直没碰到你。

如果气氛一直这样下去,他和她会发生点什么吗?她不知道。但姚亚军的手机铃声不适时地响了起来。他似乎不想接,按掉了。但没过多久,铃声又响了起来。他看了眼屏幕,脸色不大自然地说,不好意思,我先出去接个电话。

几分钟后,他回来了。真不好意思,我恐怕得先走了,家里有点急事。她有点懵,没事。他迟疑了会儿,跟你直说了吧,是我太太。她之前动过手术,身体不太好。

8

姚亚军走后,她独自点了杯卡布奇诺。过去,她很喜欢喝卡布奇诺,但不知什么时候起,这种有着丰厚奶沫的咖啡被美式咖啡代替了。

她记起那次在车上,姚亚军跟她谈起他的战友,还谈起了胡雪岩。你知道我为什么喜欢胡雪岩吗?别人都只当我羡慕他白手起家,发了大财。但他们忘了,胡雪岩后来被革职抄家,郁郁而终。一代红顶商人,最后无人收尸,草草葬于乱葬岗。

她还想起那晚以后,她竭力想要忘记发生的事情,竭力避免在工作时碰到李副经理。但几天后,她正加班整理核对客户信息,李副经理过来了。

他把一只手搭在她的肩膀上,郝丽,我和你堂哥是老同学了。工作上的事,我肯定会照顾你。不过啊,他把手从她肩膀上抽回,掸了掸,我还是得提醒你注意和人——特别是和男人之间的分寸。姚队长给你买饮料那次,我看到了。

换做现在,她肯定会义正言辞地告诉他她和姚亚军没什么。她不过是肚子痛,才坐了他的车,喝了他给她买的饮料。但那时,她只觉被钉住了。他是在证明她是个随便的女人,他不用再为他的行为负责。可他又有什么资格在吻她后再这样判定、侮辱她?但最叫她气愤的还是她自己。她为什么没有推开他呢?咬他、踢他,哪怕大叫一声也好。是因为害怕?虚荣?还是因为她果真如他所说是那种随便的女人？

一旦有了这种想法，连她自己都吓了一跳。可她能怎么办？她不可能报警。一想到李副经理会说她是自愿接受了他的吻，还有她主动坐了姚亚军的车，她就全身冰凉，难受得无法呼吸；更不用提报警后可能会带来的莫须有的指责以及一系列麻烦；她也不可能告诉丁骁、堂哥以及父母。所以，她能做的只能是打掉牙齿往肚里咽……

9

到达万泰大厦的时间尚早，皮包里手机震动了几下，她打开，看到丁骁问她源源的水杯在哪里？又叫她不要忘记晚上接源源。

多年前，她提出辞职，家里人大多持反对意见。堂哥那自不用说，先前帮了那么多忙，又听说她干得不错，直替她可惜，就连母亲这边都不同意。好好的，怎么说不做就不做了？你以为工作是儿戏啊，想辞就辞。这可是你堂哥托了熟人才有的。只有丁骁听到电话那头哭个不停的她，说，真不想做就不做吧。

他们究竟是怎么走到今天这一步的？此刻，她望着不远处的那排玻璃柜。手机再次震动起来。她看到刚刚那段文字下多了两张试卷的照片，照片下是一段音频，她点开，听到源源问她，妈妈，爸爸让你看看我做得对吗？

她没有回，把手机重新搁进皮包。怀源源那会，一个朋友曾好心提醒她好好享受最后的宁静时光。等生出来，可就再也塞不回去咯。她当时顶着个大肚子，一心只想着快点卸货，好重新过上正常生活，哪里晓得朋友的话竟一语成谶。生下源源后，她从担心他的体重、身高、健不健康，再过渡到担忧他的学习成绩，有没有受别人的欺负……

有天，源源放学回家，带回了一张密密麻麻的表，斜上方写着两个硕大的字：正常。前一天，学校老师通知说孩子第二天会去一家机构免费做一次测试。尽管她很清楚源源的情况，但看着这两个字，她突然就窝火起来，谁他妈给他们的权利来定义她的孩子。就好像孩子的未来、前途全都浓缩成了这两个字——正常。

她把那张纸撕烂，扔进垃圾桶，没再向丁骁提起。她想都不用想，就知道丁骁的回答。他会告诉她要客观看待问题。再不就是，放轻松一点。就因为他没有源源在他肚子待过十个月的那种羁绊，就因为他是男人，所以他可以轻轻松松地抛出那句话：放轻松一点。

她朝玻璃柜走近几步。这时,她意外地发现那只棕色仓鼠居然在动。它从一堆木屑里钻出来,爬到了玻璃柜中央的塑料滑梯上,滑梯是背对着她的,她绕过去,才发现它在嗅那只灰色仓鼠。

起先,她没反应过来。她是过了一分钟之后才反应过来的。那是具尸体,它大概已经死了一段时间,整个儿干瘪瘪的。

浅色仓鼠还在嗅那具尸体,它嗅了会儿,无动于衷地跳开了,她倒吸一口凉气。离瑞克英语下课还有两个多小时。她的脑袋胀得厉害,直到现在她也不晓得出路究竟在哪。但至少,在瑞克英语下课前,她是一个个体——不是母亲,亦不是妻子,一个完完全全独立的叫郝丽的个体。

05　松木场

1

从某种角度上讲，宜珍是热爱培训的。这倒并不是因为培训本身会让她有所提升，恰恰相反，她参加过的大多数培训枯燥且乏味，如果不是为了凑满所谓的学分，她根本连提都不想提。但凡事都有它的另一面。多少次，宜珍发现只要她一脚踩出校门，她就和那群学生彻底划清了界限，她不用再来来回回地叫他们订正作业，又或者扯着嗓子命令他们迅速安静下来。总之，她成了人流中再正常不过的一个人，带着点新鲜、贪婪，如刚刚出锅的热气，这和她下班时的感觉完全不同。

而当她坐在其他学校的报告厅里——报告厅多半是阶梯式的，中间会放有许多张多功能座椅，最边上常常会有一面宽大的落地窗——那种感觉便益发明显了，简直像极了在工作日偷跑出去喝下午茶。她习惯在签到处拿一个纸杯，将自己带的速溶咖啡泡开了，再捧到某个靠近玻璃窗的位置，坐下。窗外有时是一片操场、一条花园小径，有时则是临街的马路。她呢，总是微侧着脑袋，这样既看得到外边的风景，又不至于太离谱——台上讲的东西虽没多大用处，但表现得太过总归不大好。

今天的情况有些例外。本来，培训的地点在城西，宜珍该高兴的。上高中以前，她一直住在那里，俗称松木场，自从她搬了家，又嫁了人，就很少回去了。同行的还有同事罗珏，她比宜珍大几岁，是上学期刚从外地调过来的。她们开车进到培训学校时，宜珍顺嘴说了几句，这儿算是老底子杭州最有文化气息的地方了，老杭大就在这一带。啊！罗珏的眼神里流露出一种惊羡，只一下，又变得专注了。她们来得晚了些，车位早被停光了，她现在要按照保安的指示把车停进一条小路里。

可惜我今天要回老家，不然，你可以带我到附近转转。

她们说好等培训结束后由她开车把宜珍在学校附近放下，而她则直接上高架，再转绕城高速回老家。是啊，宜珍也嘟囔了声，可心下却想，亏得第二天是端午小长假，不然，她怎么回绝？她打定主意，不再多嘴，免得招惹上了人家，又扫了对方的兴致。她当时还没有料到这长假亦会带给她麻烦。

等她意识到这点，是三点钟了。秦建林发来微信，问她几点结束。她前一天跟他讲过今天有培训，但没想到他这么早就来问了。老时间吧，她回道。一般情况下，培训总是在四点左右结束，等她折回学校，和平时下班时间差不多。几秒钟后，屏幕上跳出了一行字：好，你快点。否则，今天要堵。她看了会儿那条信息，将它删除了。

2

宜珍不会开车。早先，学校和秦建林的单位只隔着三条马路，秦建林通常会把她在学校附近放下，再去自己单位上班。

学校里不会开车的很少，宜珍对此却并不在意。有专车接送嘛，方便，还省钱。而当她应付了一天的各类琐事再坐上副驾驶座，那简直成了一种享受。她用不着考虑路面是否拥堵，有无停车位，她要做的只是闭上眼，又或者，对着车窗。窗外是飞速后退的树木、行人、各式建筑，广播里播放的是她喜欢的歌曲。偶尔，天气好一点，秦建林还会打开车上的那个天窗。风从天窗里直灌进来，微凉的，带着醉意，她的一头长发就在风中乱舞。

贝贝上幼儿园后，情况发生了一些改变。关于贝贝上哪家幼儿园，家里没少闹意见。秦建林的意思是，幼儿园就近读就行，他们家附近就有一所。宜珍却不那么认为，她几经打听，将目标锁定在了秦建林单位旁的那所幼儿园。那是一所甲级幼儿园，宜珍七拐八拐找了好几道关系，总算把贝贝弄了进去。

但问题接踵而来。新上的幼儿园不比家门口那个，走几分钟就到了。公交车站离得又远，有将近一站半的路程，贝贝便只好跟着他们走路。每天早晨，宜珍从床上拖起贝贝时，贝贝的眼皮耷拉着，嘴巴翘得老高。我还想睡会嘛，贝贝撒娇道。她看着肉痛，但也只能硬下心肠。再不起来，就要迟到了。她说着，拿起衣服，给他换上。

这么小，就要起这么早，真是可怜啊。婆婆从隔壁房间走出来了。婆婆原本是住另一个小区的，自从贝贝出生后就住了过来。贝贝已经换好衣服了，听到这话，两只脚在床上乱踢了起来，不嘛，不嘛，我就要睡嘛。哎哟，我的心肝宝贝哟。宜珍听到了一记颤音，绵长、幽怨，仿佛下一秒就要哭出来。

但真正哭起来的是贝贝。贝贝的脚胡乱地踢着，小小的胸脯在剧烈的哭泣中急遽起伏。秦建林的声音砸过来了，怎么搞的？还走不走啊？走了，走了。婆婆把贝贝抱起来了，贝贝乖啊，不哭啊……宜珍看着这乱哄哄的一团，只感到焦躁、无力，当然还有懊恼，就好比自己给自己挖了一个坑，跳了，被埋了，还得心甘情愿地接受别人的指责。可她难道不是为了贝贝？但她没时间再想下去了，她要准备好贝贝的书包、水壶、毛巾毯。对了，还有吸汗巾，老师昨天特别交代过的。

这还仅仅只是开头。每天傍晚，手机铃声更是雷打不动地在办公室里响起。我们出来了，你抓紧。婆婆在电话那头的腔调是命令式的，不容她反驳。从秦建林单位开到学校大约是七分钟。宜珍挂了电话，开始理包，关门，再到校门口的那条马路上等他们。有两次，她才挂了电话，临时出了点事情，婆婆便说开了。怎么出来得这么晚？刚刚有点事，她解释道。好了好了，下次快点，贝贝还等着吃饭呢。婆婆打断了她。

她心下不解,她前前后后总共只慢了十来分钟,十来分钟的时间,至于吗?更何况,婆婆那套程序她再清楚不过。每天下午,她接了贝贝,就到秦建林公司底下的公园、超市溜达,她会在那里给贝贝喝水、吃水果,顺便等秦建林下班。既如此,贝贝又怎么会饿呢?不过,也只是想想。她的一根食指紧按着太阳穴,偏过头对准窗外,但这沿路的风景,她是怎么都欣赏不起来了。

3

宜珍的娘家人是不管贝贝的。宜珍上初三时,她父母离了婚。这对吵了十多年的夫妻,临分手前,客气得反倒像是陌生人。他们心平气和地做了一笔清算,结果是:他俩的积蓄对半平分,而宜珍以及松木场的那套房子则归宜珍父亲所有。那大概是他们婚后最愉快的一次合作。不久,宜珍母亲和舞场里的一个男伴结了婚,几年后,又生了个儿子。

有一种说法是,宜珍母亲早在离婚前就和那个男伴勾搭上了。不过,也只是传言,没人拿出证据。而她父亲根本懒得理会那些闲言碎语,离婚后,他彻底从那段不太成功的婚姻中解放了出来,看书,下棋,天气好的时候,他还会拿上钓鱼竿，拎一只水桶到江边钓鱼。

总的来说，父亲算不上个称职的监护人。家里的地面是脏的，做的饭菜总是放多了盐，后来还是宜珍学会了，自己烧的。在很多事上，他也并不怎么关心宜珍。不过，他好歹陪了她那么多年，并将她拉扯大。而等宜珍参加工作后，他索性搬去了乡下，在那租了间房，种菜、养鸡，过上了他梦想的田园生活。

对于父亲的离开，宜珍并没有多说什么。事实上，她是很早就领会了生活中"忍"的真谛。她父母离婚后，每个周末，她都会去母亲那里。她会看到继父没有任何表情的脸，再过几年，则是她那个调皮捣蛋、不怎么讨她喜欢的弟弟。母亲会问她最近怎么样？她回答，还行。所有一切就跟设定好的程序一样，单调而乏味，可下个礼拜，她仍会再去。

4

"忍一时风平浪静，退一步海阔天空"，宜珍忘了自己头一次听到这句话是在什么时候。九岁还是十岁？反正，她一下就记住了。这倒不是因为她真的理解了什么，当时，她只是纯粹想把这句话写进作文里，能有个好分数。等再往后，她发现，这句话的背后其实隐藏着一个巨大的信息：生活里到处都是暴风雨，而她一不小心便被打得七零八落，体无完肤。

卫生间里的头发丝东一根西一根，衣服几天不洗就堆得快要满出来，奶瓶没来得及消毒，尿布不管她怎么洗都有股骚味，还有婆婆——她下意识咬了下嘴唇。下班出来晚一点，要说；饭喂得少一点，要说。有一回，她带着贝贝参加同事的婚礼，贝贝不小心摔了跤，破了一块皮。回家后，婆婆把那个伤口看了又看。怎么搞的，你要管牢他的呀。几周后，她仍能从婆婆的话里听出一丝耿耿于怀。

她只觉得委屈。事情发生得有些突然，等她去扶时，已经晚了。可她难道就不心疼，不肉痛？但她只是缄默。她不是不知道婆婆的脾气，假若她多说上一句，她们两个人非吵起来不可。婆婆会举出一大堆的例子，谁谁谁家的小孩因为无人看管从十八层楼上掉了下去，谁谁谁家的小孩又因为大人看管不力被车子撞倒在地……你以为这是什么？儿戏？

她不否认管小孩必须得有责任心。可另一方面，这样难道就一定正确？就好比贝贝，很多时候，她觉得他就像是只被圈养的羊，他已经没什么可活动的地了，可就是这样，他仍是被套上了绳索，拴了起来。但她能怎么办？老人家嘛，她管孩子也辛苦，我们做小辈的多让着点她。不用猜她也知道秦建林一定会这样说。

道理她不是不懂。孩子总得有人管,以她目前的情况,要么辞职,要么请保姆。她不可能辞掉工作,辞了工作,就意味着没了经济来源,且不说家庭地位,万一家里有了变故,她连孩子的抚养权都拿不到。交给保姆吧,可这年头,新闻里到处都是保姆虐童事件,叫她怎么放心?既如此,她便只能咬咬牙,乖乖闭上嘴巴。

忍。忍。忍。她办公室桌头就摆有一张大大的"忍"字,那是她去河坊街时买的,上头还画有一朵兰花,其中一片的花瓣正好开在上半个"忍"字的那一点上。这种字国内哪条商业街上都有,但她还是买下来了。每每,她委屈、难过、心烦,便对着它看了又看。再大的事忍一忍就过去了,她这样安慰自己。可她恰恰忘了,忍字头上开的其实并不是花。那是一把刀,尖锐、锋利,随便晃动两下便在她身上戳出了一道疤。

5

松木场车站距离宜珍培训的学校有一站多的路。十分钟前,罗珏开出去时不小心擦到了前面那辆车,她绝没有想到自己会在这里。她该打电话告诉他吗？告诉他眼下的情况。他会等她处理好，回去，然后，一起被堵在回家的路上：车子一辆接着一辆，后面的车在按喇叭，左边那个车道上则传来不停的骂娘声。他会把右手按在方向盘上，有一下没一下地敲打着。而婆婆呢，会抱怨这座城市的交通，抱怨不断涌进这座城市的外地人，抱怨着抱怨着抱怨到她头上来，怎么会回来得这么晚？又或者，干脆像上次那样将她丢弃。

那次，她感到身体哆嗦了下。她临时被叫去开会，出门时，忘了带手机，等回到办公室，已经超出平常下班二十多分钟了。她慌忙打电话给他，却听到他说，他已经回去了。你回去了？她有点不敢相信。是啊，他的语气却显得再正常不过。妈要先回家烧饭，贝贝等得都饿了。打你电话又不通。

生活有时就像一团巨大的稀泥，越是想弄清楚，越是弄不清楚。譬如她认为的那次丢弃，到了他那里却理所当然地成了一次再平常不过的事件，无非是贝贝肚子饿了，她又没接到手机。再者，她一个大活人，还不能一个人回去了？她就那么矫情？不——不——她难道是因为自己一个人回去而生气吗？当然不，事情的关键在于他没有告诉她便自顾自走了。还有，那天晚上，当她搭乘公交车精疲力竭地回到家，他们竟也没有多问她几句。婆婆在给贝贝洗澡，秦建林在看篮球比赛，见她回来了，只是照例问了声，便再也没说下去。

如果我那天离开了，你怎么办？几天后，她终于问他。离开？他被问得莫名其妙。乱说什么呢？好好的，干嘛要离开？她没再说什么。多年来，她成功扮演了一个没有脾气没有自我的贤妻良母，连生气都显得如此悲凉。

这里堵车，你先回家好了。她也不知道自己怎么就打出了这几个字，发给他。出乎意料的，并没有想象中那么糟糕。现在，她不用急着赶回去了，当然，也不用再看婆婆的脸色。她把手机关了，塞进包里。与此同时，一股难以言状的通畅感布及了她的全身。

6

和整座城市的建设相比，松木场的变化实在不算大：路面被拓宽了两米，两旁的人行道上，水杉树比之前高大了些。也仅仅只是这些，路的基本轮廓还是在的。宜珍走在这条路上，她感到过去的点点滴滴正在变得丰沛起来，仿佛她还是过去那个她，背着个书包，扎着马尾辫，嘻嘻哈哈地和同学们走在一块儿。

偶尔，她也会在路上碰见阿伦。阿伦已经很高了，剃着个小平头,穿一套深蓝色的校服,连底下的白球鞋都是清清爽爽的。她晓得再过半年,阿伦就要高考了,他在市区的一所重点高中上学,功课很好。宜珍还在念幼儿园的时候,就经常听楼道里的大人们夸阿伦聪明、懂事,夸着夸着便捋一下自己孩子的头,叫他们向阿伦学习。

宜珍也是其中之一。不过,对于她来说,阿伦之所以特别,还有另一层原因。宜珍从小学一年级开始就去阿伦家做作业。这是宜珍母亲的意思。你阿伦哥哥成绩好,你不懂的就叫他教。也有反过来的时候,阿伦父母上夜班或者有事出去,他就在宜珍家做作业、吃饭,再一道玩。

宜珍还记得自己有次想要捉知了,阿伦知道后,二话不说,挽起裤脚就朝树上爬去。那是棵七米来高的法国梧桐,阿伦瘦小的身体在枝桠间行进着,一个没踩稳便从树上摔了下来。他的右腿开了道口子,血溢了出来,流得到处都是。阿伦没哭,倒是宜珍哭得跟个泪人儿似的,怎么止都止不住。阿伦母亲赶过来了,她边给阿伦清理伤口便打趣道,看这孩子哭的,以后,就做我们阿伦的老婆好了。宜珍那时候还小,听了也不害臊,两人照旧一块儿吃,一块儿玩。

他俩是从什么时候开始变得客气起来的呢?她想,是在她上了初中以后吧。开始还好好的,忽地,就变得生疏了。

她不再到他家复习功课,他也不再来她家玩。即使在路上碰了面,也只是互相点一下头,又或者,干脆装没看到。他们之间仿佛生出了一条巨大的不可转圜的鸿沟,但若要追溯起这鸿沟的源头,也只是一条不起眼的缝隙。她模模糊糊地感觉到他们有些不一样了,对撞时的眼神,忽而浓重的呼吸声……假若她当时能稍微勇敢一点,结果大概就会不一样了吧。可她那会儿根本还是个不经事的孩子,完全不知该如何是好。再后来,她父母离了婚,她随父亲离开了这里。

7

他们就这样断了联系。他以后的事都是她从父亲那里听来的,听说他考上了重点大学,又报考了研究生,毕业后,去了某个政府机关就职。她对他的了解仅限于此了,而他对于她的了解,她猜想,也不会更多。

倘若他们两人的关系仅仅到这里,倒不失为一件幸事了,就好比是一颗遗珠,虽有遗憾,终归还是美的。可偏偏中间发生了一件事,那是五年前的夏天,住在乡下的父亲忽然打电话说要卖房。父亲说的是松木场的那套租出去了好些年的老房子,父母离婚后,他们就搬回了爷爷那里。每年春节，他们几乎都要为来来去去的房客忙乎上好一阵子。这事累心，父亲说。反正我也不回来，倒不如卖了。话里头却有了要在乡下终老的意思。宜珍听了不悦，但父亲执意如此，她亦无可奈何。

当下联系好了中介去看房，等洽谈好出来已经快十二点了。大热天，又是正午，简直跟碳烤了一样。她叉着个手，昂着脖子，站在车站前等公交车来。这时，她看到了他——他变胖了点，穿一件立领的白色衬衫，手上拿只棕色的大号公文包。他也看到她了，脸上随即浮现出了一股惊讶的神情。这种神情久未碰面的人都会有，但他的表情里显然还包含了另一层意味：她怎么就变成了这样？

是啊，她怎么就变成了这样？肥了整整两圈的身体套在了一件肥大的棉布裙子里，脸上没化妆，许多大大小小的雀斑一览无余。可在遇到他之前，她是已然接受，甚至习惯了这样的自己呀。她总是对自己说，这算什么，哪个哺乳期的女人不这样？可这当口，他的眼神却还是刺到了她，她惊惶、羞赧，恨不得立马缩成一根针，一根刺，一股空气，好赶紧在他眼皮子底下消失。

一辆车开过来了，不是她要坐的车。可她哪里还管得了那么多，她胡乱地跟他挥了下手，朝车子跑去，跳上。等做

松木场

完这一连串的动作,她才发现自己胸前湿了一大片。奶水早涨出来了,她竟没发觉。某种熟悉而潮湿的腥锈味窜入了她的鼻孔,她皱了下眉头,又想起了他的眼神。那么说,他看到了?她这么想着,将那块地方揪紧了。

8

为什么偏偏是在那时?她低头看了下自己。如果是现在——她的身材虽没能百分之百地恢复,但同那时比,已经纤瘦了不少。她的穿着虽称不上时尚,但也还得体,特别是她那张脸,在一层白的薄透的粉底的掩盖下,甚至还有了点光彩照人的味道。她可以大方地同他闲聊,问问他最近的情况。也许,他们会发生点什么;又也许,什么也不发生。无论怎样,都好过那次的狼狈、仓皇。

可要在茫茫人海中遇见一个人又是何等地难!整个松木场公交车站站满了人。她左边的一个少妇抱着孩子,正唔哩哇啦地对边上的男人说着什么。她的右侧是一个体型魁梧的老太太,背着个橘色的环保袋,鼓鼓囊囊的,仿佛随时都会爆裂开来。她往边上退开了点,看到一辆公交车穿过红绿灯,朝她这儿奔来。那是她要乘坐的那辆,她没有挤上去,转而走到车站的长凳旁,坐下。头一次,她失去了时间感。她可以反反复复地观看来往的行人、车辆,寻找有无他的踪影。她想起初三那年,她曾计划过一次行动。具体去哪,带什么东西,她都没想好,但出走后的情景却在她的脑子里上演了无数遍:那里的天空透蓝,空气无比清新。她在一片一望无际的草原上奔跑,平躺,从这一头滚到那一头,从此再不用听她父母的争吵。

他们吵了多少次了?她想。每天都吵,难道不嫌烦?讽刺的是,他们离婚前的一天,竟奇迹般地没有吵。等第二天天亮,他们颇为平静地告诉她,他们已经商量好了马上就离婚。

她这辈子都不会忘记那感觉,就好像某只被遗弃的狗。她宁愿他们天天吵,吵个天翻地覆,头破血流,至少,她可以有所准备。可那晚,他们却像是一致对外的盟友,果断地将她排除了。她最后收到的只是一则通知,一份声明,无论她愿意与否,他们都不会改变。

9

她再也没听到父母的争吵声,那个计划也胎死腹中了,就像是个梦,又或者,从来就不曾出现过。但此刻,它回来了。她坐在公交车站的长凳上，感到冥冥之中有一种神秘的呼应。

她在人群中来回搜寻他的身影。可惜，这个不是，那个不像。她的身体慢慢地开始发困，眼皮也打起架来。只要她稍加思考，便可以想到他们碰面的机会其实很渺茫。他也许搬了家，也许不再坐公交车——即便他仍旧坐公交车，也未必会在这个时间点同她碰头。可她就是不愿意承认。再等一会，说不定就能遇见了，她对自己说。

在不知道第几辆车朝她驶来时，她终于意识到，她是等不到他了。恍惚中，她随着拥挤的人流上了车。车门被人卡住了，司机半探着身子，不停地挥动着双手，喊，往后点，往后点。

车门终于笨拙而艰难地关上了。她站在驾驶座的右后方，抓着扶手的胳膊撞到了边上的女人，而后边的男人又撞到了她，但在这种情况下，谁都懒得查看一眼。也就在这时，她感到背部一阵异样，似乎有什么东西划了她一下。很轻，但也正因为轻，让它迅即和其他的动作分别了开来。

她的背弓起来了，手心里冒出了一层汗。她听说过不少公交车偷窃事件，最夸张的一次，小偷直接从外面割破了皮包，拿走了钱，失主却浑然不知。硬拼肯定不行，这些人身上大多藏有家伙，对她没有任何好处。她试着让自己冷静下来，一只手则去拉肩上的那只包。谢天谢地！钱包和手机都还在。她把包捏紧了，移至了胸前。

又是一下。这回不是划而是捏，轻轻软软的，还带着点力道。这下，她明白了，那人并不是要偷她的钱，她感到胃部一阵泛酸，猛地扭过头，却看到了一个利落的小平头，他的鼻子很挺，下方则是一片薄薄的向上弯起的嘴唇。

这个人长得多像阿伦啊。更准确地说，是少年时期的阿伦，他当然不是真的阿伦，可是，这么年轻、俊朗的男人居然在摸她。她说不出是惊讶，新奇，还是高兴，只是木然地站在那里。

10

车窗外，天完全黑了。车窗映着她的脸，有些模糊不清。在她那张脸的右侧，还有张脸，正拼命地示意她什么。那是个大妈，手里握着艾叶，一对眼睛则不停地朝她眨巴着。她晓得她想要说什么，撇过脸，权当没看见。

车子快要到武林门西站时，那只手再没了动作。透过车窗，她看到他侧过身子，朝后门移去。他要下车了，她心里一阵失落。车门吱呀一声开了,紧接着,人群推搡着下了车。

来人啊,抓人啊。一个女人突然喊了起来。人群骚动了起来。她随着人群朝那边挪动了两步,看到起先他还挣扎两下,很快,便服了软——司机和那个女人一起按住了他。那是个四十来岁的女人,个头不高,一张小脸上两块颧骨高高凸起,看上去有些狰狞。

司机将他的两只胳膊抓住,按紧了。小西斯(杭州话,混蛋的意思)。他的小平头若皮球似的颠了两下,他似乎想要抬起来。还敢动。司机又按了下他的脑袋,叫你耍流氓,上一次也在我这辆车上,拘留所还没待够啊。

一瞬间,她只觉得羞辱漫过了她。那只手——她现在看清了——那是只细白得有些过分的手,摸过多少个女人啊。漂亮的,丑的,老的,少的……她只觉得脑袋发晕,两条腿虚得厉害。她勉强支撑着退到一张椅子上坐下,现在好多椅子都空了,人们都围到车后门看热闹去了。那个拿艾叶的大妈朝她走过来了。哎,他刚刚也弄你了吧?大妈的声音异常刺耳。我一直在叫你,你怎么都没反应?一车子分散的目光顿时聚拢了,所有人齐刷刷地望向了她。她就像个被强行推至舞台中央的演员,上千只聚光灯毫无预兆地打在了她的脸上,还有身上。

她的脸憋得通红。她应该说点什么的。譬如,车实在是太挤了,她还以为那不过是普通的擦碰;又譬如,她早知道了,可她怕那人手里握有刀。她明明可以解释的,可要命的是,她连一个字都说不出来。她的上下嘴唇被黏住了,嘴巴干燥得很,她只能像条搁浅的鱼,半张开嘴,发出微弱而无力的喘息声。

她像是想起了什么,半是拉半是扯地拉开皮包拉链,开了手机。手机里有一条新微信,那是秦建林发来的。秦建林说,好。除此之外,再没有别的。她咽了口口水,对着手机说道,流氓,臭流氓。然而,没有人听到了,一车子的喧杂声盖住了她。

本书为浙江文化艺术发展基金2020年度资助项目

图书在版编目（CIP）数据

曼珠沙华 / 池上著. -- 上海：上海文艺出版社.2022
ISBN 978-7-5321-8499-6

Ⅰ.①曼… Ⅱ.①池… Ⅲ.①中篇小说－小说集－中国－当代②短篇小说－小说集－中国－当代 Ⅳ.①I247.7

中国版本图书馆CIP数据核字(2022)第174027号

发 行 人：毕　胜
责任编辑：李伟长　余　凯
封面设计：未　氓
版式设计：兰伟琴

书　　名：曼珠沙华
作　　者：池　上
出　　版：上海世纪出版集团　上海文艺出版社
地　　址：上海市闵行区号景路159弄A座2楼　201101
发　　行：上海文艺出版社发行中心
　　　　　上海市闵行区号景路159弄A座2楼206室　201101 www.ewen.co
印　　刷：崇明裕安印刷厂
开　　本：1240×890　1/32
印　　张：7.125
插　　页：2
字　　数：97,000
印　　次：2022年10月第1版　2022年10月第1次印刷
I S B N：978-7-5321-8499-6/I.6705
定　　价：55.00元
告 读 者：如发现本书有质量问题请与印刷厂质量科联系　T：021-59404766